最愛の人物をこの手で殺した。
歩き方を、話し方を、生き方を……殺し方を教えてくれた恩師だった。
あの人のおかげで世界が広がり、こんな地獄のような日々の中でも希望を見出《みいだ》せたというのに——。

その恩師を、自らの手で殺してしまった。

の刀身を首筋にあてる。
イフもあの人から貰《もら》ったものだった。大事な仕事道具として……そして二人だけの誇
ためのものとして、大切に使うよう言われていた武器だ。
とに丁寧に手入れしていたものだった。しかし今やそのナイフはボロボロで、命を預
にしてはあまりにも心許《こころもと》ない。刃は毀《こわ》れ、柄には亀裂が走り、先端は潰れ、刀身は
だった。こんな……こんな荒々しく使うためのものではなかった。
汚れた。
ら譲り受けたものも、師匠そのものも、自らの手で壊してしまった。

だから――――。

「貴女《あなた》がいない人生なんて、意味がない」

ナイフを引く。

鮮やかな赤い液体が飛び散った。焼けるような痛みを首に感じる。でも本当に痛いのは首ではなく心だった。

生きる理由を失っただけではない。それを自らの手で消してしまったことが最大の苦痛だった。この世界は地獄だとずっと思っていたけれど、ここまで狂っているとは思わなかった。

来世で会えるなんて甘い希望は持っていない。

ただ、せめて師匠には穏やかな眠りについてほしい。

そう思いながら、少年は静かに息を引き取り――――。

「おや、来ましたか」

次に目を開けると、真っ白な空間に立っていた。

「――は?」

何故《なぜ》、生きている。

思わず首筋に触れたが、傷一つない。握り締めた掌《てのひら》の感触も、地面を踏み締める足の感触も生きていた頃のままだ。

「怯《おび》える必要はありません。貴方《あなた》は選ばれたのですから」

「選ばれた……？」

目の前には、スーツを着た男が立っていた。

だが、ただ者ではない。なにせその男、背中から一対の白い羽が生えている。

夢かな？　そう思って頬を抓《つね》ったが、ちゃんと痛い。正面に立つスーツ姿の男は微笑《ほほえ》ましそうに少年を見た。まるで今までもそうしてきた者を見守ってきたかのように。

その時、少年は気づいた。男の背後に大きな建物が見える。

……なんだ、あの建物は？

とにかく巨大だ。城のようにも宮殿のようにも見える。しかしそれにしては飾り気がないというか、地味な印象だ。

市役所？　病院？　…………いや。

…………学校？

「ようこそ――神様を決める教室へ」

坂石遊作
［画］智瀬といろ

Novel Yusaku Sakaishi
Illustration Toiro Tomose

神様を決める教室

The Classroom to Select God

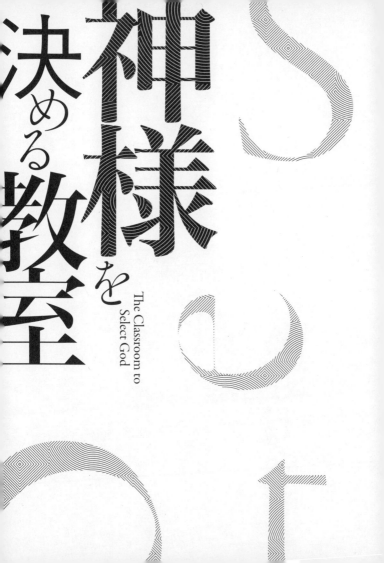

第一章

英雄たちの学び舎

The Classroom to Select God

広い講堂の中に、数千人もの少年少女が集められていた。

これだけ多くの人が集められているにも拘《かかわ》らず、講堂は静寂に包まれている。まるで、いつ死ぬか分からないとでも言わんばかりに彼らは緊張した面持ちで口を噤《つぐ》んでいた。

そもそも、彼らは人なのだろうか？　――そんな疑問を抱いた。

角が生えた者。翼を生やした者。獣の耳や尻尾が生えた者。肌が青い者。髪の色や目の色もバラバラだ。体格も、赤子のような体型の者もいれば、大木の幹のように太い腕の者もいる。

人々の警戒心によって空気が重たくなっていく中、足音が響いた。

カツン、カツンと規則正しく聞こえてくる音に、少年少女たちが前を向く。

グレースーツを身に纏《まと》った男が壇上に立っていた。オールバックにした灰色の髪。鋭く、ぎらついた瞳。服の上からでも分かるほど鍛え抜かれた肉体。歴戦の猛者《もさ》を彷彿《ほうふつ》とさせるその男の風格に、講堂の空気はまた違う意味で張り詰めた。

「学園長のアインだ。これより入学式を執り行う」

入学式。

その言葉を聞き、少年少女たちは目を見開いた。

本当に、始まってしまうのか。

あの話は事実なのか。

「既に案内人から話は聞いていると思うが、ここは諸君が知る世界ではない」

マイクなんてないはずなのに、アインと名乗った男の声は講堂中に響いた。

「ここは神界《しんかい》。神の世界だ。一部では天国とか死後の世界とか呼ばれているようだが、似たような場所だと思ってくれていい。本来なら諸君が自由に足を踏み入れられる場所ではなく、存在自体が秘匿されている世界だ」

アインは講堂に集まる少年少女たちをざっと見て言う。

「では何故《なぜ》、諸君が今ここにいるのか。――それは選ばれたからだ」

アインの瞳が、鋭く研ぎ澄まされる。

「諸君は、次代の神候補に選ばれた」

アインの鋭い視線に、少年少女たちは射貫《いぬ》かれる。

「ここには、あらゆる世界で死した者たちが集められている。だが、いずれもただの死者ではない。諸君は生前、誰よりも強く輝き、国や世界を救ってみせた英雄たちだ。だからこそ次の神に相応《ふさわ》しいと判断された」

アインの言葉には微《かす》かな敬意が含まれていた。

この場に集まる英雄たちの、生前の行いに対しての敬意だ。

「諸君を試すための舞台が、この学園だ」

眼下の少年少女たちの混乱なんて気にも留めず、アインは話を続ける。

「これから諸君には、この学園の生徒になり、競い合ってもらう。次の神になるための教育を受け、過酷な試験を乗り越えるのだ」

まるで、値踏みするような目でアインは少年少女を見た。

「生き残って神になることができるのは、たった一人の生徒のみ。それ以外の生徒は全て、本来の死者と同じようにこの世界を去ることになる」

即《すなわ》ち、死ぬ。

元よりここに集められた者たちは一度死んでいるが、どういう理屈か、生前の記憶を保持したままこの場で活動している。ここはさながら生と死の狭間《はざま》なのだろう。だが神になれなければ狭間《はざま》から追い出され、正真正銘の死を迎えることになる。

誰かの身体《からだ》が震えた。それは武者震いかもしれないし、死への恐怖かもしれない。

要するに、これから始まるのは――バトルロイヤルだ。

「神の座に興味がない者には辞退するという道も用意している。だが神になれば、何でも願いが叶う。かつて生きていた世界を変革することも、己の過去を変えることも……」

そこまで言って、アインは不敵な笑みを浮かべる。

「諸君、存分に励むがいい。己の中の正義を燃やし、覚悟と共に日々を生きよ。競い合い、戦い続け、耐え忍び、息を殺し、その末に辿《たど》り着《つ》いた尊き生き様を神に見せつけよ。我こそが次代の神であると強く願い続けろ」

アインは力強い声で言った。

じきに、戦いの火蓋が切られる。そう予感させる声音だった。

「まだ分からないことも多いだろう。そこで諸君には一人につき一体の天使を与える。彼らは主である諸君に絶対の忠誠を誓う、優秀な補佐役だ。まずは彼らに会いに行くといい。寮の部屋で待機しているはずだ」

そう言って、アインは一息ついた。

「期待しているぞ。次代の神候補たちよ」

アインが壇上から降りる。

入学式が終わった。しかし生徒たちはまだ講堂から出ず、棒立ちになっている。

この世界に来た直後、あの黒スーツの男から、これから何をするのかざっくり話は聞いていた。だがどこまで信じればいいのか分からなかった。

しかし、どうやら本当に始まるらしい。

たった一人の神様を決めるための戦いが――。

◆

いつまでも混乱しているわけにはいかないし、取《と》り敢《あ》えず寮へ向かった。

学生寮は男子寮と女子寮で分かれていた。一階のカウンターには寮母がいて、彼女に名前を伝えると部屋番号を教えてもらえる。寮母の背中からも一対の白い羽が生えていた。

階段を上り、二階にある宛てがわれた部屋へ入る。

玄関の向こうにはキッチンがあり、その奥にもう一つの部屋があった。いわゆる2Kの間取りで、全体の広さは十五畳ほどである。家具は一通り揃《そろ》っているしベランダもあった。独り暮らしには充分な設備だ。

「あれ？　いない？」

学園長の話によれば、この部屋に天使が待機しているとのことだったが、いない。

扉の前に立った時点で気配がないとは思っていたが……何かの手違いだろうか？　洗面所やトイレの中も一応確認してみるが、やはりいなかった。

「うーん……」

やることがないので、取《と》り敢《あ》えず習慣をこなすことにする。

ベランダに出て外の景色を確認した。一階にはそのまま着地できるし、上下左右の部屋にも飛び移れるだろう。――逃走経路の確保完了。

換気扇や照明、小さな家具や調度品などを細かく観察し、何か変な物が取り付けられていないか確認する。――盗聴器の類いはなし。

その他、この部屋の間取りで想定しうるトラップも一通りチェックしたが、特に見つからなかった。ひとまず安心してもいいようだ。

だが部屋を調べる過程で、妙な違和感を見つける。

「……コンセントが、ない？」

ついでにテレビもないが、これはまあいいとして。

電子レンジや冷蔵庫、ガスコンロのようなものはあるが、いずれもコンセントやガス栓には繋《つな》がっていなかった。しかしそれぞれスイッチを入れて使用することはできる。

「なんだこれ？　どういう理屈で動いてるんだ？」

よく見れば水道もない。どこから水を引いているのだろう。

意味が分からず首を傾《かし》げていると、外からドタドタドタ！　と大きな足音が聞こえてきた。

「遅れてすみませ――――――――――ん!!」

扉が開いて何者かが現れた瞬間、身体《からだ》を翻《ひるがえ》した。

枕元の小さなテーブル。その上にあったボールペンを手に取り、キャップを外す。

そして、ボールペンの切っ先を来訪者の眼球へと突きつけて――。

「ひいっ⁉」

「あ、ごめん」

突如眼球にペン先を突きつけられた来訪者は、腰が抜けたように尻餅をついた。

「す、すすす、すみません……ち、遅刻してしまって……い、命だけは……っ‼」

「大丈夫。大丈夫だから落ち着いて。僕も少し気が立ってたみたいだ」

ペンにキャップをして、来訪者を部屋の中に招く。

夕焼けのようなオレンジ色の髪をツインテールにしている少女だった。肌は白くて、背は低い。そして案の定、背中から一対の白い羽が生えている。

「君が天使？」

「は、はいぃ……パティと申しますぅ。本日付けで、ミコト様の天使になりますぅ……」

出会い頭に半泣きにさせてしまった。

ちょっとだけ罪悪感を抱きつつ、パティの口から自分の名前が出たことで疑問を抱く。

「僕のことは知っているのか？」

「あ、はい！　我々天使は、担当する生徒のことを事前に調べていますから！」

気を取り直したのか、パティは両手で目元の涙を拭い、ぱっちりと目を開いた。

「名前は葉月《ハヅキ》尊《ミコト》！　出身は地球の日本という国！　歳《とし》は十七で、血液型はＡＢですよね！」

「……まあ、そうだけど」

思ったよりも知られていたので驚いた。

名前や年齢は大した情報ではないが、ミコトの個人情報は仕事柄、徹底的に漏洩《ろうえい》対策が施されている。それを掻《か》い潜《くぐ》る技術がこのポンコツっぽい天使にあるようには思えないが……。

「ミコト様！　この学園のことなら、なんなりと私に質問してください！　私たち天使はそのための存在ですから！」

パティは胸に手をあてて言った。

「じゃあまず、今後の予定について教えてくれ」

「承知いたしました！」

頼られたことが嬉《うれ》しいのか、パティは張り切った様子を見せる。

「本日の予定はもうありません。授業を含む学園の行事は明日から始まります！　なので今日一日は、この学園を理解するために使っていただくことを推奨します！」

今日はもう自由らしい。

それなら多少はのんびり過ごしてもよさそうだ。

「食事はどうするんだ？」

「寮の一階に食堂があります。購買では食材が売っていますので自炊も可能です。ただしどの世界の食材が売っているかはローテーションで決まりますので、自炊をするならあらかじめチェックすることをオススメします！　ちなみに今はアレスタンの食材が売ってます！」

どこだそれ。

アレスタンなんて地名に聞き覚えはない。

「教材は？　あと服装は何でもいいの？」

「教材は各科目の最初の授業で配付されます。筆記用具は机の上にありますし、購買でも買えます。服装に関してはクローゼットにある学生服を使ってください」

「ふぅん」

ミコトは机の上に置かれた「手引き書」と記された書類を手に取る。

パラパラと捲《めく》って内容を確かめながら……。

「……学生服か。初めて着るな」

「初めて、ですか？　ミコト様がいた国にも学校はあったと思いますが――」

そこで疑問を抱かれるとは思っていなかったのか、パティは不思議そうに答える。

しかしその途中で、パティは己の失言に気づいたかのように顔面蒼白《そうはく》となった。

「た、大変失礼しました！　ミコト様は、その、学校に通ったことはありませんでしたね」

そこまで知っているのか――。

別に隠していたことではない。話の流れでこちらから補足するつもりではあったが、既に知られていたことに驚愕《きょうがく》した。

「……学校っぽいところには通っていたけどね」

ミコトは普通の学校に通ったことがなかった。だから義務教育を受けていない。とはいえ一般教養を学ぶ機会は別口で用意されていたので、常識に疎《うと》いわけでもなかった。

学校に関する知識も最低限はあるため、建物の外見や制度くらいは知っていた。しかし最低限の知識しかないので、今回のように疑問が湧くこともある。

「パティは、僕のことをどこまで知ってるんだ？」

変に探りを入れるよりも直接訊《き》いた方が早そうだと判断した。

「えっと、簡単なプロフィールと経歴を知っているくらいです。好きな食べ物とか、ご趣味などについてはまだ知りません」

「経歴っていうのは具体的に何を知ってるんだ？」

ミコトがそう尋ねると、パティは視線を下げ、申し訳なさそうに答える。

「……私は、ミコト様が生前に何をしていたのか、知っています」

「……そうか」

小さく溜息《ためいき》を零《こぼ》し、パティを見つめる。

天使と名乗るだけあって、純真無垢《むく》そうな少女だった。そんな少女が知るには少々気分が悪い情報だっただろう。

ミコトは同情する。……こんな自分に仕えることになってしまった、目の前の少女に。

「衣類に関してですが、クローゼットにはミコト様が生前使っていたものも入っています」

パティが部屋のクローゼットを開ける。

そこにはミコトが生前使っていた服が何故《なぜ》か揃《そろ》っていた。黒いシャツ、黒いズボン、黒いコート、黒い帽子。機能性以外、何一つ考えられていない衣服たちだ。

その隣には見慣れない服が吊《つ》るされていた。白いブレザーに赤いネクタイ。これが学生服なのだろう。

白色はあまり着慣れていないので少し抵抗を感じていると、パティがじっと学生服を見ていることに気づいた。

「ミコト様の制服は、このような形なんですね」

「制服なんだから、皆同じ形じゃないの？」

「大体同じなんですけど、生徒の個性によって少し改造されることが多いんです。裾の丈とか色とか、変化があって面白いんですよ！」

「ふぅん。……じゃあ僕の制服はどこがアレンジされてるんだ？」

ミコトの問いに、パティは一瞬だけ言葉に詰まった。

「…………その、ミコト様の制服は、何もアレンジされていませんね」

つまり無個性ということか。

試しに制服を手に取ってみる。材質は悪くない。ダークグレーのスラックスも、安っぽい色には見えず、光沢がある。

「あ!!」

　その時、パティが嬉《うれ》しそうな声を出した。

「見てください！　ミコト様！　制服の裏側にポケットがたくさんついてます！」

「そうだね」

　パティが、ブレザーの裏をミコトに見せながら言う。

「普通の制服にはここまでポケットがついてません！　ミコト様の制服は、裏側に改造が入っているんですね！」

　主人が無個性ではないと知ったからか、パティは満面の笑顔で告げる。

　表側は凡庸で、裏には様々なものを隠し持つことができる改造……。

（よく分かってるな）

　ちゃんと個性に応じた改造がされているらしい。ほんの少し、この制服に愛着が湧く。

　ふと、そこでミコトは気づいた。

　クローゼットの上に、布団《ふとん》が折り畳んで収納されている。

「……既にベッドがあるんだけど、どうして布団《ふとん》もあるんだ？」

「布団《ふとん》は私が使うものです！」

　ミコトは一瞬、思考を停止した。

「え？　パティもここで暮らすの？」

「はい！」

疑いを知らない純粋な笑顔と共に、パティは頷《うなず》いた。

「ミコト様はこちらの広い部屋をお使いください。私はキッチンがある方の部屋で寝ますので！」

「いやいやいや……いやいやいや……」

「私の仕事はミコト様のサポートですから！　ミコト様がこの寮にいる間は、常にお側《そば》にいる所存です！」

全力のやる気を漲《みなぎ》らせるパティを前にして、ミコトは静かに溜息《ためいき》を吐いた。

取《と》り敢《あ》えず、今は保留にしておこう。

「部屋の外には好きに出ていいんだよね？」

「はい。あ、でも私たち天使はこの寮から出ることはできませんので、寮の外まで出る際はお見送りして別れることになります。案内はできませんのでご注意ください」

「そうなのか。天使って結構窮屈なんだね」

「いえいえ、とんでもない！　この寮は広いですから！」

入り口から部屋まで真《ま》っ直《す》ぐ歩いてきたので分からなかったが、そういえばこの建物の外観は大きかった。食堂もあると言っていたし、他にも色んな設備があるのだろう。

「じゃあ、ちょっと外をうろついてみるよ」

「はい！」

ミコトが部屋から出ようとすると、パティは当然のように後ろについてきた。

一緒に行くつもりらしい。

「ごめん。一人で外に出たい」

「えっ……しょ、承知いたしました……」

置いていかれると思わなかったのか、パティは目に見えてしょんぼりとしていた。

若干、後ろ髪をひかれる思いでミコトは扉を開く。

「ん？」

扉を開いた直後、ミコトは目を丸くする。

「あれ」

「おっ⁉」

「ふむ」

正面の部屋からは金髪の美形な男、隣の部屋からは茶髪のがたいがいい男、斜め前の部屋からは眼鏡をつけた深緑の髪の男が同時に現れた。

四人とも、互いの顔を見ながらしばらく沈黙する。

気まずい空気を破ったのは、金髪の男だった。

「えっと、折角顔を合わせたわけだし、よければ軽く話さないか？」

「賛成だ。このタイミングで外に出るということは、各々《おのおの》情報収集が目的だろう」

金髪の男が提案し、眼鏡の男が頷《うなず》いた。

ミコトも頷《うなず》く。眼鏡の男の言う通りだ。なにせこの学園は特殊な環境なので、まずは自分の足で情報を集めたいと思っていた。

「どこで話す？　俺の部屋でも来るか？」

茶髪を短く切《き》り揃《そろ》えた、がたいのいい男が提案した。

しかしその提案に、ミコトたちは難しい顔をする。

「できれば寮の外で話さないか？」

眼鏡の男が言った。

「え？　そりゃ別にいいけど、なんでだよ？」

「俺たちはまだ天使を信用していない」

当たり前である。いきなりどこからともなく現れた、天使なんていう得体の知れない存在を信頼できるわけがない。

「んー……分かった！　じゃあ外に行くか」

茶髪の男はほんの少し残念そうな顔をしたが、すぐに承諾してくれた。

◆

寮の外へ向かいながら、ミコトたちは簡単に自己紹介を済ませることにした。

「俺はライオット＝アルヘイル！　生前はモンスターっていう化け物の退治を生業にしていた！　一応その仕事で国を救ったことがあって、英雄って呼ばれた時期もあるんだ。だからこの学園に招かれたんじゃないかって思ってる」

茶髪の男、ライオットは明るい笑みを浮かべた。ブレザーは表を開け、中のシャツも開けているため逞《たくま》しい胸筋が露出している。見たところ制服の生地が少し厚くて頑丈に見えた。これが彼の個性を反映した改造だろうか。

なんとなく、パティと同類の臭いがする。元気で人を疑うことを知らないような、お人好《ひとよ》しだ。しかしライオットの頬や腕には無数の傷が刻まれていた。ただのお気楽な人間というわけではない。尋常ではない場数を踏み、その上でこの気楽さを維持できるのは、ある種の才能だろう。浮ついた態度に見えなくもないが、誰もライオットを見下しはしなかった。

「ウォーカー＝クロイツだ。生前は一介の科学者だった。主に、遺物という様々な災厄を引き起こす道具を研究しており、その功績が認められて学園に招待されたと考えている。英雄と呼ばれたことはないが、封印の専門家とは呼ばれていたな」

深緑の髪の男が、銀縁の眼鏡を指で押さえる。ブレザーの裾が長めになるよう改造されており、まるで科学者が着る白衣のようなシルエットだった。

ライオットとは真逆に近い印象を受けた。静かで、生真面目そうな男だ。彼の知性を感じさせる怜悧《れいり》な瞳は、ミコトたちを友人ではなく情報交換の相手として見ている気がした。慎重な性格なのだろう。ウォーカーの信頼を勝ち取るには時間がかかりそうだ。

経歴は少し分かりにくかったが、要するに爆弾処理班みたいなものかな、とミコトは納得した。爆弾を無害化する過程で大勢の人を救ったから、この学園に招かれたのだろう。

「ところで、その腕は……？」

ずっと気になっていたことを、ミコトは訊《き》くことにした。

ウォーカーの両腕は、生身ではなく、鉛色の金属でできていた。

「見ての通り機械でできている。仕事中の事故で、身体《からだ》の半分を機械に取り替えた。いわゆるサイボーグというやつだ」

どうりで重心の動き方が妙だったわけだ。

ライオットが「サイボーグ……？」と首を傾《かし》げていた。彼がいた世界にはサイボーグという概念がなかったのかもしれない。

続いて、金髪の男が自己紹介をする。

彼の制服が最も分かりやすい改造を施されていた。その両肩から、ブレザーと同じ白色のマントを垂らしている。更に左腰には剣を吊《つ》るしていた。

「私はイクス＝ブライト。生前は勇者と呼ばれていた」

「勇者っ⁉」

ライオットが目を見開いて驚いた。

「俺の世界にも昔いたらしいぜ！　魔王をぶっ潰す英雄なんだろ⁉」

「概《おおむ》ねライオットの言う通りだ。ただの村人だった私は、ある日、女神に選ばれて魔王と戦う勇者になった。そして長い旅の末に魔王を倒した。魔王は世界征服を企《たくら》んでいたから、一応世界を救った英雄という扱いではあったかな」

「すっげーっ‼　言い伝え通りだ！　国どころか世界も救ってんのかよ！」

ミコトも勇者という単語には聞き覚えがあった。ライオットと違って御伽噺《おとぎばなし》とか創作の中での話だが。……どうやらイクスの世界では、勇者も魔王も実在していたらしい。

「その剣は？」

イクスの腰に携えられた鞘《さや》を見て、ミコトは訊《き》く。

「勇者の証《あかし》である聖剣だ。あまり見せびらかすつもりはなかったが、長年この剣と共に旅してきたものでね。これがないと落ち着かないんだ」

勇者だからか、イクスの声からは優しさと気品を感じる。

派手な経歴を持っているが、イクス自身は物腰の柔らかい好青年といった感じだった。

剣なんて携えていなくても一目見るだけで分かる。この場で一番強い武力を持っているのはイクスだ。隙のない佇《たたず》まいに、全身から醸《かも》し出《だ》される存在感がそれを物語っている。

最初に会った時、誰よりも早く声をかけたのもイクスだった。人の中心に立つことに慣れているのかもしれない。世界を救った英雄ならそれも当然だ。

最後に、ミコトが自己紹介する番となった。

「僕はミコト＝ハヅキ。生前は、その……これといって何かをしたつもりはない」

「ん？」

イクスが首を傾《かし》げる。

突き刺さる三人の視線に、ミコトは苦笑した。

嘘《うそ》は言っていなかった。少なくとも英雄と呼ばれるに相応《ふさわ》しい行動は何もしていない。しかしこのまま沈黙していると怪しまれるので、微《かす》かな心当たりを伝えることにする。

「……強いて言うなら、悪い人をたくさん倒したかな」

「なんだ、ちゃんと何かやってんじゃねぇか。ミコトも英雄の一人なんだな！」

ライオットが爽やかな笑みを浮かべて言う。

だが――英雄と呼ぶのはやめてほしかった。

生前の行いを悔いているミコトにとって、その評価は皮肉にしか聞こえない。

全員の自己紹介が終わった辺りで、寮の外に出た。

「あれが校舎か」

イクスが正面にある大きな建物を見る。

白い壁の建物だった。高さは五階建てで、傍《そば》には講堂や体育館が見える。ミコトが知識として知っている一般的な学校と比べても大きい。講堂には恐らく二千人近くの生徒がいたため生徒の数が多い分、学校の校舎も大きくなっているのだろう。

「でっけー！　あそこで俺たちは一緒に授業を受けるんだよな⁉」

「一緒に受けられるかは分からないがな。違うクラスになる可能性もある」

「クラス？　そんなのあんのか？」

ウォーカーの補足に、ライオットが疑問を口にした。

「ライオットの世界には教育機関がなかったのか？」

「まあ、教育っていう教育を受けた経験はないな。俺のいた世界は、どの国もモンスターのせいで生活がぐちゃぐちゃになっていたから、勉強どころじゃなかったぜ」

「……そうか」

ウォーカーが気まずそうな顔をする。

「私のいた世界も魔物の侵攻は激しかったが、どちらかと言えば人類側が優勢だったな。教育が充実している国もあった」

イクスの世界でも化け物退治という概念はあるらしいが、ライオットの世界と比べると多少は落ち着いていたようだ。

「ミコトの世界はどうだったんだ？」

ライオットが訊《き》く。

ミコトは答えを考えた。実体験の中からではなく、知識の中から回答を探す。

「僕のいた世界は平和だったよ。モンスターも魔物もいなかった。人間同士の戦争はあったけど、僕が暮らしていた国ではそういうのもほとんど他人事《ひとごと》で、のんびりしていた」

恐らく、この四人の中で一番平和な世界で生まれたのはミコトだろう。

モンスターに魔物といった単語を、ミコトは創作物の中でしか聞いたことがない。それがまさか、こんなに幸せなことだったとは思いもしなかった。

申し訳なさそうにするミコトに、イクスが微笑《ほほえ》む。

「いい世界だな」

「うん。だから逆に、経歴が皆と比べて薄っぺらいんだけど」

「だが、それこそが私の目指していた世界だ。真の社会に英雄なんて必要ない」

イクスは遠くを見つめる。

真の社会に英雄なんて必要ない。その通りだとミコトは思った。

しかし――この学園に招かれた者たちは皆、英雄だ。皮肉にも彼らの立場が、彼らの生きてきた世界に何らかの問題があることを証明していた。

一度死んで元の世界を去ってしまった彼らが、その問題を解決する方法は一つしかない。

「生き残って、神様になれるのは一人のみ」

イクスが小さな声で呟《つぶや》くように言った。

「神様になればどんな願いでも叶《かな》えることができる。……きっと皆、あるはずだ。神様になって叶《かな》えたい願いが」

ライオットもウォーカーも、ミコトも唇を引き結んだ。

ある。どうしても叶《かな》えたい願いが。

神様になる理由が──。

「だからせめて、私たちは正々堂々と戦おう」

そう言ってイクスは拳を突き出した。

強靱《きようじん》な意志を灯《とも》したイクスの瞳。その視線に射貫《いぬ》かれ、ライオットとウォーカーは笑う。

「ああ、そうだな！」

「最初からそのつもりだ」

二人も拳を突き出す。

そんな二人を見て、ミコトも微《かす》かに笑った。

この先、この学園で何が起きるかなんて誰にも分からない。どんなルールで、どういう状況で競い合うのかも知らない。

　それでも、約束くらいはできるはずだ。

「うん。正々堂々、戦おう」

　四人の拳がぶつかる。

　清々《すがすが》しい気分だ。これからどんな困難に直面しても、彼らのことを思い出せばきっと上手《うま》くいく。そんな気がした。

「じゃ、帰るか」

　ライオットが寮に戻ろうとすると、皆もついて行く。

　その中で一人、ミコトだけが足を止めたままだった。

「ミコト、帰らないのか？」

「うん。僕はもう少し散歩してるよ」

　イクスは「そうか」と短く言って、他二人と寮へ戻っていった。

　一人になったところで、ミコトは改めて校舎を観察する。

　先程、イクスたちと会話していた時から違和感を覚えていた。講堂に集まっていた生徒の人数を思い出す。それにしては、あの校舎は……。

（……地下に空間でもあるのか？）

　まあ、今は別にどうでもいいか。

　大した問題ではない。些細《ささい》な違和感に決着をつけたミコトは、イクスたちの後を追うように寮へと向かう。

だがその時、近くを通りがかった一人の少女と目が合った。

思わず足を止める。――それほど美しい少女だった。

美しい銀髪は絹のようにさらりと垂らしている。柔らかな顔の輪郭も、宝石のような瞳の色も、スラリとした鼻の筋も、細くて真っ直《ます》ぐな眉の形も、まるで高名な人形職人が完璧な計算を以《もっ》て生み出したかのような造形だった。

制服は、白い。白の比率が高い。手袋も白いものをつけている。

清楚《せいそ》、清浄、高潔、気品……そうした言葉を連想する。

ぐわり、と心が引き寄せられる奇妙な感触がした。

声が出ない。

ミコトに代わって口を開いたのは、少女の方だった。

「貴方《あなた》――」

銀髪の少女は、胸元を手で押さえながら何かを言おうとした。

だが、すぐに唇を引き結んだ少女は、吐き出そうとしていた言葉を静かに腹へ戻し――。

「……いえ、なんでもありません」

そう言って、少女はこの場を去った。

……何故《なぜ》、あんな目で見られたのだろう？

まるで、どうしようもなく救われない人間を見るかのような、慈悲深い目で……。

◆

翌朝。ミコトはベッドの上で唐突に目を覚ました。

自然な覚醒ではない。近くで誰かが動いている気配がする。

ミコトは息を潜め、キッチンと繋《つな》がる部屋の扉を開いた。

「そーっと、そーっと……起こさないように、そーっと……」

キッチンで、パティが音を立てないよう慎重にフライパンを握っている。

「パティ？」

「ひあっ⁉」

声をかけるとパティは跳び上がって驚いた。白い羽がぶわりと膨らむ。

「す、すすす、すみません！　起こしてしまいましたか⁉」

「いや、いつでも起きられるよう眠りを浅くしていたんだ。パティのせいじゃないよ」

「眠りを、浅く……？」

パティが小首を傾《かし》げる。ややこしいことを言ってしまったか、とミコトは反省した。

「何をするつもりだったんだ？」

「えっと、朝食を作ろうかと。ミコト様、本日の朝食は部屋で済ませる予定なんですよね？」

「そうだけど……」

この学園の全容をまだ把握していない今、見知らぬ人に囲まれて食事をする気にはなれなかった。警戒しすぎかもしれないが、これも生前の習慣である。

だから今日の朝食は部屋で済ませるつもりだと昨晩パティには伝えていた。

とはいえ、適当に購買で買ってくるつもりだったが……。

「ふん、ふふーん♪」

パティは上機嫌に料理を始めていた。

面倒をかけるつもりはなかったが、楽しそうなら止める理由もない。

カーテンを開け、窓から外の景色を眺めた。

学園の敷地《しきち》は、背の低い壁にぐるりと四方を囲まれている。その気になったら乗り越えられる高さだが、壁の先には真っ白な空間がひたすら続いているだけだ。

神界《しんかい》の景色はとにかく白い。まるで上下を雲で挟まれたような空間が続いている。地面も白色で空も白色だ。頭上からは柔らかい光が降り注いでいるが、恐らく太陽ではないだろう。空を仰ぎ見ても眩《まぶ》しいとは感じず、過ごしやすい反面、どうにも慣れなかった。

「できました！」

テーブルの前で座っているミコトの前に、パティが朝食を配膳してくれた。

ベーコン、目玉焼き、スープ、パン。ミコトが知っている朝食だった。

「まだ朝ですし、ミコト様にとって馴染《なじ》み深いメニューにしてみました！」

それは助かる。朝から食べ物にまで警戒心を抱くのは正直しんどい。

いただきます、と呟《つぶや》いて早速パンを口に含んだ。

「美味《おい》しいよ」

念のため毒の可能性を考慮し、普段より神経を尖《とが》らせていたため、正直そこまで味は分からなかったが。

「ほんとですか！　嬉《うれ》しいです！」

パティは満面の笑みを浮かべた。

やっていることが、天使っていうよりメイドである。

「天使って、どういう存在なんだ？」

「私たち天使は、神界《しんかい》生まれ、神界《しんかい》育ちの種族です。位の高い天使は神様の補佐をしていますが、その他の天使は主に雑用をしています」

「雑用？」

「そうですね……たとえば死者の魂を次の世界に送る仕事とか、あと壊れちゃいそうな世界に直接赴いて原因を調査する仕事とか、ですかね」

思ったよりも壮大な答えが返ってきた。

「パティは、天使の中ではどういう立ち位置なんだ？」

「えっと、天使には下級、中級、上級、特級の四階級がありまして、私は上級に該当します」

「上から二番目か。凄《すご》いじゃないか」

「えへへ……でも残念ながら、私が直接手助けできるのは遥《はる》か先のことなので、今はあんまり関係ないんですけどね。当分はただのお手伝いさんです！」

その言い方から察するに、いずれ天使は今とは違う役割になるのだろう。

まだまだ疑問はあるが、あまり話し込むと遅刻してしまう。ミコトは食事に集中した。

「じゃあ、行ってくるよ」

「はい！　行ってらっしゃいませ、ミコト様！」

やっぱりメイドっぽいな、と思いながらミコトは部屋の外に出た。

そのまま廊下を歩いて階段の方へ向かう。

「おっす、ミコト！」

声をかけられ、振り返った。

そこには茶髪で大柄な男が立っている。

「ライオット、おはよう」

「なあ、部屋の風呂《ふろ》入ったか!?　あんな一瞬で湯が沸くなんて信じられねぇよ！　火を使っているわけでもなさそうだし、水も無限に出てくるしよ！」

「僕の世界だと、その辺りは普通だったからあまり驚かなかったかな」

「マジで⁉」

「うん。でも、ガスとか電気を使ってないのはびっくりしたよ。何か僕らの知らないエネルギーがあるんだろうけど……」

「神様のいる世界ってのは伊達《だて》じゃねぇな。技術力がまるで違うぜ」

昨日からなんとなく察していたが、ライオットはだいぶ原始的な文明で育ったようだ。

「あ、そうだ。ちょっと訊《き》きてぇんだけどよ、ミコトの部屋に羽は落ちてなかったか？」

「羽？　……いや、なかったと思うけど」

どういう意図があっての質問なのだろうか。

「実は昨日の夜、あんまり寝つけなかったから寮を散歩してたんだ。そしたら偶々《たまたま》話し声が聞こえてよ。なんでも、神様に気に入られている生徒の部屋には羽が贈られるらしいぜ」

階段を下りながらライオットが説明してくれる。

「その噂《うわさ》については俺も耳にしたぞ」

背後から声が聞こえる。

振り返ると、そこには銀縁の眼鏡をかけた男、ウォーカーがいた。

「天使に尋ねたところ、神様にも天使と同じような羽が生えているようだ。神様に気に入られた生徒の部屋には、その神様の羽が贈られるらしい。……早い話、羽を受け取った生徒こそが現時点で最も神様に近いということなのだろう」

途中経過みたいなのが、定期的に発表されるということか。

「噂《うわさ》になってるってことは、誰か実際に貰《もら》ってんのかな？」

「だろうな。だがそこまではまだ俺も調べきれていない」

この学園にはまだまだ自分たちの知らない何かがあるようだ。

二人の話を聞いて、ミコトは気を引き締めた。

「もう一つ気になったことがある」

寮の外に出て、校舎に向かって歩き出したところでウォーカーが言った。

「昨日はライオットの勢いに飲まれてしまったが、改めて観察すると、校舎が狭くないか？」

「は？　いやいや、どう考えてもでけーだろ！」

目の前に鎮座する学園の校舎を眺める。

「入学式の時、講堂には二千人近くの生徒が集まっていた。だがあの校舎は、二千人を収容する建物にしては小さく見える」

「……なるほど。確かに、その人数にしては小さいかもな」

校舎は大きいが、二千人を収容するとなればもう一回り大きくてもおかしくない。

実は昨日、ミコトも一人で校舎を眺めながら同じことを考えていた。やはり気づく者は気づくらしい。

「おはよう。三人とも早いね」

校舎に近づくと、金髪の爽やかな男、イクスと会う。

「イクスも早いね。何をしてたの？」

「早めに目が覚めたから、校舎を散歩してみようと思ったんだけど、まだ開いてなくてね」

単に手持ち無沙汰だったらしい。

イクスは校舎を眺める。

「一体どんなものなんだろうね、神様になるための授業というのは」

「ああ。だがそれ以上に気になるのは試験だ」

ウォーカーが神妙な面持ちで言った。

「試験には合否がある。この学園の試験において、不合格とはつまり──」

『──生徒の皆さんは、速やかに講堂にお集まりください』

ウォーカーの言葉を遮るように、放送が聞こえた。

どこにスピーカーがあるのか全く分からない。……気のせいじゃなければ、空から聞こえたような気がする。周りの生徒たちも真っ白な空を不思議そうに仰ぎ見ていた。

『最初の試験が始まります』

天の声に従い、ミコトたちは入学式の時にも使った講堂にやって来た。

しばらく待機していると、正面の壇上に女性が現れる。遠くからでもよく目立つ桃色の髪をふわふわに広げた女性だった。背は低く、子供のように見えるが、壇上に立っているということは生徒ではないのだろう。

「試験官を務める、ポレイアと申します！」

元気な声が響いた。

「それでは、ただ今より人望の試験を始めます」

人望？　と首を傾《かし》げる生徒たちの前で、ポレイアは続ける。

「試験名は――《フレンド・オア・デス》」

友達か死か。そんな物騒な名のついた試験の内容を、ポレイアは説明する。

「この試験ではまず、各生徒に一枚の投票用紙が与えられます」

ポレイアがそう言った直後、ミコトの正面に、正方形の付箋のような紙が現れた。

他の生徒たちも同様に紙を受け取っている。

「皆さんはその投票用紙に、神様に相応《ふさわ》しいと思う生徒の名前を書き、講堂の左右にある投票箱へ入れてください。ペンは投票箱の傍《そば》にありますので、ご自由に使ってくださいね」

講堂の左右を見る。

そこには長机でカウンターが設置されており、その上に投票箱とペンが置かれていた。

「票を入れ終わった生徒はこの場で待機してください。試験終了時、二票以上獲得していた生徒が合格となります。一票以下の方は残念ながら不合格です。不合格になった生徒には、即刻この世界を去ってもらいます」

先程、ウォーカーが言いたかったことは、まさにこれだろう。

不合格とはつまり——死を意味する。

ミコトたちにとっては二度目の死だ。だが次の死こそは正真正銘の本物で、生前の肉体と精神に永遠の別れを告げなければならない。

それは、到底受け入れられることではない。

叶《かな》えたい願いがあるミコトたちにとって、ここでリタイアするわけにはいかない。

「禁止事項は自分の名前を書くことと、本人の許諾なしに票を奪うことです。これに抵触した生徒は見かけ次第、不合格にさせていただきますので、絶対にやっちゃ駄目ですよ～？」

ポレイアが可愛《かわい》らしく忠告した。

だが講堂は静まり返っている。……無理もない。まさか、こんな試験が始まるとは思ってもいなかったのだ。顔面蒼白《そうはく》となった生徒、冷や汗を垂らした生徒、既に半泣きになっている生徒など、その反応は様々だが、いずれも英雄とは思えない情けない姿だった。

「では皆さん、試験を始めてください」

試験の説明を終えたポレイアが、壇上から去る。

誰もいなくなった壇上に巨大な砂時計が現れた。中の砂が落下を始める。全ての砂が落ちた時、試験終了ということだろう。

「ど、どどど、どうする⁉　どうすりゃいいんだ、これ⁉」

ライオットが混乱しながら、縋《すが》るようにミコトたちの顔を見た。

「最初の試験にしては随分厳しいね。ここで半分以下に削られるわけか」

イクスが顎に指を添えて言う。

各生徒が所有している票は一つ、だが合格するには二票以上の獲得が必要である。イクスの言う通り、ここで生徒の半数以上が脱落することになるわけだ。

「見ず知らずの相手に、いかに自分をアピールできるかがこの試験の肝だな。人望の試験とはよく言ったものだ」

ウォーカーが難しい顔で呟《つぶや》く。

確かにこの試験では、人望が要求されていた。

「取《と》り敢《あ》えず、この四人で回さないか？」

「だね」

ウォーカーの提案に、イクスが頷《うなず》く。

混乱しているライオットを連れて、四人でカウンターの方へ向かう。

そこでペンを取ったミコトたちは――。

「じゃあ、時計回りに名前を書いて提出するということで」

「お……おぉおぉ！　そういうことか！」

ようやく混乱が収まったのか、ライオットが意気揚々とペンを手に取る。

ミコトがウォーカーに、ウォーカーがイクスに、イクスがライオットに、ライオットがミコトに票を入れた。念のため全員ちゃんと名前を記入しているか確認した上で投票箱に入れる。

「よし。これで俺たちは一票ずつ獲得だ」

「心の友よぉ……っ‼」

淡々と告げるウォーカーの隣で、ライオットは涙を流して歓喜していた。

恐らくこれが、今回の試験の真っ当な攻略法だろう。

案の定、他でグループを作っていた生徒たちが同様の動きを見せている。ミコトたちは昨日のうちからこの四人で交流を深め――即《すなわ》ち、人望を手に入れていたのだ。

あの時、部屋を出てよかったと心底思う。おかげで救われた。

「問題はここからだな」

ウォーカーは真剣な面持ちで言う。

「二票目は、こちらから差し出せるものがないもんね」

ミコトが言うと、ウォーカーが無言で頷《うなず》いた。

投票用紙には名前を書かねばならないので、偶然で自分に票が入ることはない。だからきちんと名乗った上で交渉を始めなければならないが、肝心の交渉材料である投票用紙をミコトたちは既に消費してしまっている。

あなたの名前を書くから私の名前を書いてください、が通用しないのだ。

「……正攻法でいくなら、やはり感情に訴えるしかないな」

これは人望の試験だ。何故《なぜ》人望なのかは分からないが、そう告げられた以上はきっと人望にまつわる能力で攻略することが推奨されている。

交渉は正攻法ではない。この試験は最初から、理屈ではなく人柄に重きを置いている。

「別行動を取ろう」

ウォーカーが短く告げる。

「グループを作っている生徒は、俺たちと同じように既に投票用紙を失っているはずだ。だから声をかけるべき相手は一人で動いている生徒だが、たった一人にグループで詰め寄るのは正直心証が悪いだろう」

ウォーカーが至極真っ当な意見を述べた。

しかし、その意見を聞いてミコトたちは目を丸くする。

「どうした、三人とも」

「いやぁ……ウォーカーって、てっきり感情で動く奴《やつ》を馬鹿にするタイプだと思ってたぜ」

「人間には理性と本能があるんだ。片方しか考えないのは愚かだろう」

その理屈っぽい回答は、見た目通りのイメージである。

「じゃあ、ここはいったん別行動としようか」

イクスの言葉に他三人も頷《うなず》く。

「気を抜くなよ。あまり実感しにくいが、これは命懸けの試験だ」

最後にウォーカーが補足し、各々《おのおの》が覚悟を決めたところでミコトたちは解散となった。

ウォーカーの言う通りだ。これは正真正銘の命懸けの試験。ダラダラしている余裕はない。

一息つき、冷静な気持ちで辺りを観察すると、既に色んな生徒が行動を開始していた。

「誰か俺に票を入れてくれ！　俺は神様にならなくちゃいけない理由が――」

「お願いします……どうか、私に票を……っ！」

生き残りたい理由を力説する男子、涙と共に助けを乞う女子。この想定外の試験に、早々にプライドをかなぐり捨てる生徒が続出している。

「ねえ、そこの貴方《あなた》」

横合いから、見知らぬ女子に声をかけられた。

「私が神様になったら、貴方《あなた》を生き返らせてあげるわ。だから票をくれない？」

そう提案してきた女子の目を、ミコトはじっと観察した。

微《かす》かに侮蔑の感情が読み取れる。弱々しい、軟弱な人間だと思われているのだろう。

「ごめん。もう投票済みなんだ」

「……ちっ」

両手を開いて投票用紙を持っていないことを伝えると、女が舌打ちして去って行った。

焦《あせ》っているのは分かるが、その態度はあまりよくない。女は気づいていなかったが、今のやり取りを多くの人たちが盗み聞きしていた。

盗み聞きしていた者たちは、こう思っただろう。──あの女に票を入れるのは癪《しゃく》だ。

ミコトは先程解散した三人のことを思い出す。

ライオットの明るい人柄なら、この短期間でも誰かに好かれるのは難しくはないだろう。ウォーカーはいかにも頭がよさそうだし、それにああ見えて感情に寄り添うこともできるのだと先程知ったので、相性のいい相手と出会えれば票を稼げるかもしれない。

「……イクスは大丈夫かな」

不安なのは、イクスだった。

果たして彼は気づいているだろうか。──この試験は、優秀な人間ほど上手くいかない可能性がある。

壇上の砂時計を一瞥《いちべつ》する。

気づけば残り時間は半分を切っていた。全体の残り票数も少なくなってきており、投票用紙を持っている生徒が見つかりにくくなってきた。

辺りを見渡すと、人垣の向こうに金髪の男子が見える。

イクス＝ブライト。

かつて、勇者として世界を救った彼は今――酷《ひど》く険しい顔つきをしていた。

◆

何故《なぜ》だ？

何故《なぜ》、誰も私に票を入れてくれない？

「そこの君」

近くにいた女子生徒に声をかける。

「すまない。もし票が余っているなら、私に――」

「……ごめんなさい。貴方《あなた》なら、他の人から票を貰《もら》えると思うわ」

女子生徒はこちらの顔を見て、早足で去って行った。

体の良《い》い断り方だ。最初こそ仕方ないと思ったが、十回以上同じ返答をされてからはそう思わなくなった。

イクスは己の金髪をぐしゃりと握り、爆発しそうな怒りを少しでも発散する。

「くそ、くそ、くそ……ッ!!」

これを、人望の試験と言うのであれば——得意分野であるはずだった。

生前は勇者として仲間と共に旅をした。その道中で幾つもの国に立ち寄り、協力者を次々と増やして魔王のもとへ向かった。初対面の相手と打ち解けるのも苦手ではないし、生前は数え切れない人との縁を感じながら日々を生きていた。

なのに、何故《なぜ》か、票が手に入らない。

「イクス」

焦《あせ》っていると、黒髪の少年がいつの間にか傍《そば》にいた。

「ミコト……？」

瞬間、イクスは自分の顔が酷《ひど》く強張《こわば》っていることに気づき、慌てて表情を取り繕った。

「ど、どうした？　票は集まったのか？」

「うん、なんとか」

ぐにゃり、と何かが歪《ゆが》みそうな気がした。

嫌な感情が溢《あふ》れ出《だ》しそうなところを、すんでのところで抑える。

「イクスは、まだ票が集まってないんだね？」

「それは……」

「手分けしよう。まだ投票用紙を持っている人を探してみる」

嫌な感情が、溢《あふ》れ出《だ》してきた。

イクスにとってミコトの第一印象は――正直、ひ弱の一言に尽きる。快活で逞《たくま》しそうなライオットや、知的で堅実そうなウォーカーと比べれば、ミコトには目立つ特徴がない。本人も自覚しているようだが、生前の経歴も地味だ。

性格はどちらかと言えば暗めで、背もあまり高くない。だから必然とミコトのことは、気弱で薄弱な少年だと思っていた。無論、それで嫌いになるわけではない。ミコトが生きていた平和な世界を羨ましいと思ったことも嘘《うそ》偽りない感情だ。

だが、この状況で――。

かつてないほど追い詰められているこの状況で、ひ弱だと思っていた少年に、こうも一方的に心配されると――。

胸の奥に、どろりとした感情が生まれる。

「……哀れみのつもりか？」

「え？」

駄目だ。

止まらない……。

「不要だッ！　この程度、自分でどうにかしてみせる！」

踵《きびす》を返《かえ》し、ミコトから距離を取った。

唇から漏れる吐息が炎のように熱かった。まるで怒りに我を忘れた醜い魔物のようだ。

力強く、床を叩《たた》き付《つ》けるように歩いていると、次第に頭が冷えていく。

……なんてことを言ってしまったんだ。

ミコトとは、これからも仲良くしたかったのに。

あんな、いかにも優しくてお人好《ひとよ》しな少年に八つ当たりするなんて……。

「……謝らなければ」

後で頭を下げよう。

そのためにも——なんとしてでも、票を手に入れなくてはならない。

「残り五分ですよ～！」

ポレイアの暢気《のんき》な声が講堂に響く。

同時に、頭の中で何かの糸が切れた。

投票用紙を持っている生徒は、果たしてあと何人残っているだろうか。もう見つけるのも一苦労だ。次が最後のチャンスかもしれない。

「……私は、生き残らなくてはならないんだ」

神様になって願いを叶《かな》えるために。

そして——ミコトに謝罪するために。

「すみません」

意思を固めたイクスは、ポレイアに話しかけた。

「トイレに行くことはできますか？」

「え〜⁉　もう時間は少ないですよ⁉」

「我慢できなくて」

恥の感情はなかった。

もはや、そんなものどうでもよかった。

「仕方ないですね〜。あちらの通路を右に曲がればトイレがありますよ〜！」

「ありがとうございます」

人当たりのいい微笑を維持したまま、イクスは通路へ向かう。

その途中で、近くにいた男子に声をかけた。

「君」

ミコトと同じような、いかにも気弱そうな男子だった。しかしミコトと違ってあらかじめグループを作っていなかったのか、その手には未《いま》だに投票用紙がある。

「えっと、なんですか？」

「票が欲しいんだろう？　私の票を譲ってもいい」

男子生徒が目を見開く。

イクスはさり気なく片手を隠していた。――その隠された片手に、あたかも投票用紙があるかのように。

「代わりに、私の願いについて話を聞いてくれないか？　場所を移そう」

「……分かった」

男子生徒も怪しいと思っているようだが、残り時間を考えると、ここで票が貰《もら》える可能性に賭けるしかないと判断したようだ。

イクスは男子生徒を連れて通路を進み、トイレの中に入った。小さな部屋の中に、陶器で作られたような便器が幾つも並んでいる。イクスにとっては見慣れない景色だが、寮の自室にあるトイレも似たような仕組みだったのでさほど驚くことはない。

トイレには誰もいなかった。ポレイアの反応から察していたが、今回の試験中にトイレを利用した生徒は自分たちが初めてなのだろう。

あとから人が来ては困る。

迅速に――動かねば。

「それで、大事な話って――――」

目にも留まらぬ速さで剣を抜いた。

投票用紙を持っている、男子生徒の指先を切断する。

「……ぁ？」

血飛沫《ちしぶき》が舞う中、男子生徒は混乱した眼《め》でイクスを見た。

だが瞬時に、男子生徒は構えようとする。

凄《すさ》まじい切り替えの早さだ。やはりこの男子も、学園に招かれたということは英雄を名乗る資格はあるのだろう。

だが、イクスにとっては——遅い。

「すまない」

狭い密室。刃で壁を傷つけないよう、素早く身体《からだ》を翻《ひるがえ》しながら剣を振るう。肉を斬ることも骨を斬ることも得意だった。髪の毛一本も残らないように……血の一滴すら霞《かす》みとなって消えるほど細かく斬る。

まだやるべきことがあるのだ。

願いを叶《かな》えて、それからミコトに謝らなくてはならないのだ。

やむを得ない。緊急事態だ。どうしようもない。本当はこんなことしたくない。

剣を振るう。

仕方ない、剣を振るう、仕方ない、剣を振るう、仕方ない、剣を振るう、仕方ない、剣を振るう、仕方ない、仕方ない、仕方ない、仕方ない、仕方ない——。

――――――死ね。

最後の一振り。男子生徒の姿は跡形もなく消えた。

証拠はない。床に落ちた男子生徒の指先と、投票用紙を除けば。

イクスは投票用紙を拾った後、床に落ちた指先を個室の便器の中に入れた。その際、トイレットペーパーが目に入ったので、切断した指から零《こぼ》れた血の痕を拭っておく。

「確か……こう流せばいいんだったか」

トイレットペーパーを便器の中に放り投げた後、便器の横についてあるレバーを引き、水を流した。赤く染まった水面が音を立てて沈む。

さほど手応えのない相手だった。同じ英雄とはいえ、世界が違うと力量も違うようだ。もし彼が自分と同じ世界の住人なら、きっと彼は英雄とは呼ばれていないだろう。

なら……別にいいか。

どのみち早期に敗退するような男だった。そう思い、イクスはトイレから出る。

投票用紙に自分の名前を書き、投票箱に入れた。

「時間になりました～！」

ポレイアの声が聞こえる。

「これにて、人望の試験《フレンド・オア・デス》を終了します！　試験に合格した生徒の皆さんは、速やかに講堂の出入り口の方へ移動してください！」

指示に従い、イクスは周りの生徒と共に出入り口付近へ移動する。

「そして、試験に不合格だった皆さんは……残念ながら、ここで消えてもらいます」

ポレイアが悲しそうに告げる。

集計はもう終わっているようだ。どういう理屈なのかはサッパリ分からないが、神の世界というだけあって未知の技術があるのだろうと納得する。

……どうなる？

ポレイアは試験の説明にて、許諾なしに票を奪うことを禁止事項に指定していた。自分はまさにその禁止事項をして票を稼いだのだが、果たして……。

「な、なんだこれ、身体《からだ》が消えて……っ⁉」

「いや……まだ死にたくない……っ‼」

あちこちから悲鳴が聞こえる。

見れば、不合格と思《おぼ》しき生徒たちの身体《からだ》が薄くなっている。

見たこともない不思議な現象だった。本人たちにとってもそうなのか、混乱しながらその姿は徐々に霞《かす》みのような気体になる。

霞《かす》みは空気に溶けていくように消えた。

「というわけで、皆さんお疲れ様でした〜！　今日は午後から授業がありますので、合格者の皆さんはそれまで寮などで時間を潰してくださいね〜！」

不合格者の処理は終わったようだ。

だが、イクスは……死んでいない。

ということは、自分の行いは試験官に確認されなかったようだ。禁止事項に抵触したはずだが、先程の彼らのように消えていないということは見逃されたのだろう。

「……ははっ」

なんだ、ザルじゃないか。

心配して損した。

この学園では、死ぬと身体《からだ》が霞《かす》みになって消えるのだろうか？　なら、わざわざ証拠隠滅する必要もなかったかもしれない。

周りを見ると、恐怖に足が竦《すく》んで動けない者がほとんどだった。しかし死の淵《ふち》に立っていたイクスは、恐怖以上に生き長らえたことによる安堵《あんど》を覚える。

（……皆は大丈夫だろうか）

ライオット、ウォーカー、そしてミコト。

こうなると彼らの無事が気になる。

できれば自分と同じように、生き残っていてほしいが――。

「イクス」

その時、背後から声をかけられた。

振り返ると、そこには温厚そうな少年が立っている。

「ミコト……お互い、生き残れたな」

「うん」

ミコトは静かに頷《うなず》き、

「ちょっといいかな？　二人で話がしたいんだ」

そんな提案をしてきた。

ここは生き残った喜びを分かち合う場面だと思っていたが……ミコトの表情は深刻だった。

イクスが頷《うなず》くと、ミコトが歩き出すのでその背中を追う。

少しずつ寮へ移動していく生徒たちに紛れ、先導するミコトは何故《なぜ》か人気のない校舎裏の方へと向かっていた。

その背中を見ていると……妙な不安に駆られる。

沈黙に耐えきれず、イクスは口を開いた。

「言っただろう？　自分で手に入れてみせると」

「そうだね」

ミコトの返事は短い。

「……ミコト、話というのは何だい？」

ミコトは無言で歩き続けた。

答えはない。

……謝らなければ。

最初に謝罪をするべきだったのだ。イクスは反省し、口を開く、

「ミコト。さっきは——」

「——学園には」

イクスの発言を遮るように、ミコトは言った。

「学園には、神様候補とは別に数人の特殊な生徒がいる」

「ミコト？　何を言って……？」

「彼らの役割は、試験で禁止事項を犯した生徒を処理すること。つまり、神様に相応《ふさわ》しくない人間を間引きすることだ」

ドクン、と心臓が大きな音を慣らす。

なんだ……？

彼は今、何か恐ろしいことを口にしているのではないか……？

「この学園にはあらゆる世界の英雄が集まっている。だから中には、試験官の目を盗んで不正を行う狡猾《こうかつ》な生徒もいる。……そういう人たちへの対策らしい」

ミコトの目は、真《ま》っ直《す》ぐこちらを睨《にら》んでいた。

それは今までの友好的な目とは全く違う。

とても悲しそうで、そして——覚悟を決めた時の目だ。

「イクス。……残念だよ」

ゾッとするような冷たい声音に、イクスは目の前の少年を警戒する。

「ミコト、お前は……ッ⁉」

イクスは腰に携えていた剣を抜こうとした。

幾多の魔物を屠《ほふ》ってきた聖剣。勇者の証《あかし》でもあるこの剣は、振るえば山を抉《えぐ》り、海を断つほどの凄《すさ》まじい威力を持っている。

だがミコトは、目にも留まらぬ速さで肉薄していた。

油断はしていない。しかし気がつけばミコトの手が、聖剣を抜こうとしている自分の腕を摑《つか》んでいた。

反射的にもう一方の手でミコトを突き飛ばそうとする。

だがその腕はミコトの身体《からだ》を掠《かす》るだけだった。

「不正を行った人物の粛正。その役割を持つ生徒のことを——」

ミコトは、いつの間にかその手に持っていたナイフを翻《ひるがえ》す。

スパン、と小気味よい音と共にイクスの首が飛んだ。

「――粛正者《パージ》という」

第二章

粛正者

The Classroom to Select God

死体となったイクスの身体《からだ》が、霞《かす》みになって消える時。

ミコトは、この世界に来た時の頃を思い出していた。

「ようこそ——神様を決める教室へ」

羽を生やした黒スーツの男はそう告げた。

意味が分からず首を傾《かし》げるミコトに、男は続けて説明する。

「この学園では、これから次代の神様を決めるための様々な試験が行われます。貴方《あなた》はその学園の生徒として選ばれたのです」

「生徒……?」

「はい」

男は頷《うなず》く。

「つまり、貴方《あなた》は次の神様候補——と言いたいところですが、貴方《あなた》は特例で選ばれました」

男は微笑《ほほえ》みながら、ミコトを見る。

「貴方《あなた》は、粛正者《パージ》です」

聞き覚えのない役職だった。

どうやら普通の生徒として招かれたわけではなさそうだ。

「粛正者《パージ》の役割はいたってシンプル。先程説明した試験で、不正を犯した生徒――すなわち違反者を粛正することです。粛正者《パージ》には、違反者を殺害する権利があります」

粛正とはつまり、殺して処分するということか。

男の説明を聞いて、ミコトは自分の境遇を少し理解する。

「生徒に紛れて、違反者を殺す……秘密警察みたいなものか？」

「そのような認識で構いません」

男は肯定した。

「粛正者《パージ》にはいくつかルールがあります」

男は人差し指を立てる。

「一つ、試験を無条件で合格できること。ただしチーム全員が合格しなくてはならないような試験は例外です。チームメンバーが不合格なのに貴方《あなた》だけ合格していると、試験に不備があったように思われかねませんからね」

チームで臨む試験は自分も参加しなくちゃいけないようだ。

……苦手だな。

生前、三人以上で行動したことは片手で数える程しかない。組織がそういう方針だった。

男は人差し指に続き、中指も立てる。

「二つ、神様になることはできません。貴方《あなた》がた粛正者《パージ》は神様候補として選ばれた生徒ではありませんから、これは仕方のないことです」

試験が無条件で合格できる時点でこれは予想していた。

最後に男は薬指を立てる。

「三つ。点数《スコア》を稼げば願いを叶《かな》えることができ、その後、学園を去ります」

「点数《スコア》……？」

「ざっくり説明すると、違反者を殺す度に貯《た》まる数値です。強い違反者を殺すことで、より高い点数《スコア》を手に入れられます」

なるほど。

要するに——粛正者《パージ》にとっての飴か。

粛正者《パージ》に、違反者を粛正するための動機を与えているのだ。違反者を狩って、点数《スコア》とやらを稼げば願いを叶《かな》えることができると。

ミコトには、どうしても叶《かな》えたい願いがあった。

だから招かれたのだろう。

「現在の点数《スコア》を確認したい時は、利《き》き腕《うで》でない方の手首を見てください。念じれば、そこに現在の点数《スコア》と、願いを叶《かな》えるために必要な目標点数《スコア》が表示されます」

何を念じればいいのか分からない。

試しに点数《スコア》、と念じながら左手首を見ると、そこに分数が表示された。分子はゼロだから恐らくこれが現在の点数《スコア》、分母の数値は目標点数《スコア》だろう。

「以上で説明は終わりです。質問はありますか？」

丁寧に尋ねる男に、ミコトは少し考えてから問いかける。

「粛正者《パージ》であることが他の人にバレたらどうなるんだ？」

「どうもなりません。身分を明かすかどうかはお任せします」

こちらに選択権があるということは、粛正者《パージ》の存在自体が最初から公になっているわけではないらしい。

学園でどのような日々が待ち構えているのかは知らないが、話を聞く限り身分を明かすべきではないだろう。殺害の権利を所有している人間なんて、誰だって傍《そば》に置きたくない。

「どうして、僕が粛正者《パージ》に選ばれたんだ？」

「それは勿論《もちろん》、貴方《あなた》の腕を見込んでですよ。……この学園には、あらゆる世界の英雄が集いますからね。彼らを粛正できる腕前の持ち主を探すのは一苦労しましたよ」

男は肩を竦《すく》めて言った。

こちらの生前の情報は筒抜けと思った方がよさそうだ。

「粛正者《パージ》は、僕以外に何人いる？」

早い段階で、粛正者《パージ》は自分以外にも何人かいると察していた。

男の背後にある学園を見る。あの規模なら千人くらいは入るだろう。千人に対して粛正者《パージ》が自分一人だけというのは流石《さすが》に心許《こころもと》ない。

男は、微《かす》かに笑って答えた。

「粛正者《パージ》には定期的に情報交換のための集会が用意されています。人数はそこで明らかになるでしょう。ちなみに最初の集会は、最初の試験が終わった後です」

その言い方だと、最初の試験はわりと早めに行われるようだ。

「最後にもう一つ」

ミコトは一番の疑問を、口にした。

「別に僕らが直接手を下す必要はないんじゃないか？　それこそ神様が罰すれば……」

「神様にそれほどの力は残っていません」

男は首を横に振る。

「詳しく説明することはできませんが……我々は、試験の運用で手一杯です。明らかな違反者を処理することは容易ですが、なにせこの学園には数多《あまた》の英雄が集います。彼らの深謀遠慮には試験官も騙《だま》されることがあります」

まるで己の未熟さを恥じるかのように、男は言った。

神様にそれほどの力は残っていない。——ゆえに次代の神を決める必要があるのか？

この学園は、神様が最後の力を振り絞って生み出した舞台なのかもしれない。……男の回答をどこまで信じていいかは不明だが。

「質問は以上ですね」

「……ああ」

「もし他にも気になることがあれば、入学式の後に入ることができる自室の机の上を見てください。そちらに粛正者《パージ》の手引き書が置かれています」

丁寧な案内だ。それ自体は好感を持てる。

「それでは、ミコト様」

男の背中から生えている羽が、ばさっと広がった。

「たくさん殺してください。たくさん裁いてください。……それが粛正者《パージ》の役割です」

◆

最初の試験が終わった後、ミコトは校舎の中へ入った。

人望の試験――《フレンド・オア・デス》。

この試験、ミコトは最初から合格が決まっていた。机の上に置かれていた手引き書に、最初の試験は無条件で合格すると書かれていたのだ。

違反者を粛正する使命を持った粛正者《パージ》の特権である。

そして、合格が決定しているからこそ、冷静に違反者の存在を確かめることができた。

「……イクス」

まさか最初に知り合った彼が違反者になるとは思っていなかったが……正直に言えば、試験の内容を聞いた時点でイクスが合格するのは難しいかもしれないと思っていた。

イクスが票を貰《もら》えない理由は二つあった。

一つは、焦《あせ》りが顔に出すぎたこと。きっと彼はここしばらく精神的に余裕のある生き方をしていたのだろう。英雄と持《も》て囃《はや》されて、全盛期の鋭さを失っていたのかもしれない。だから彼は逆境に弱かった。本人は装《よそお》っているつもりだったのだろうが、陰で観察していると明らかに精神が揺れているように見えた。

だがこちらは理由としては小さい。

もう一つの致命的な理由。それは、一目見れば分かるほど優秀であったことだ。

この学園で繰り広げられているのは、紛れもないバトルロイヤル。

たった一人しか生き残れないのだ。それなら——明らかに将来邪魔になるライバルは、早い段階で蹴落とすに限る。

イクスは、その蹴落とされる枠に入ってしまった。優秀であるがゆえに。

……短い友情だった。

彼とはこれからも仲良くしたかった。だから、なんとか踏み留まってほしくて声をかけた。

それでもイクスは罪を犯してしまった。

自分が黙っていればバレないかもしれない。そう思っていたが、イクスが名も知らぬ男子生徒を細切れにした瞬間、ミコトは彼を粛正すると決めた。あの瞬間、ミコトにとってイクスは可能な限り助けたい相手から、殺すべき相手に変わったのだ。

しかし最後、イクスの絶望した顔を見た時、彼も被害者の一人ではないかと思った。

この学園の生徒たちは誰もが英雄で……そして一度、死を経験している。だからこそ二度目の死はより恐ろしいのかもしれない。イクスだけではない。先程の試験で不合格だった生徒たちの絶望した顔は、鮮明に目に焼き付いている。

多分、この学園の生徒には皆、叶《かな》えたい願いがある。

それを成就《じょうじゅ》できずに死ぬのは恐ろしいことだろう。

その気持ち自体はミコトもよく分かる。

（……腐った試験だったな）

先程の人望の試験。合格率は最大でも二分の一だった。

千人近くの生徒が潔《いさぎよ》く死を受け入れるなんて有り得ない。票を獲得できない生徒たちは次第に激しく焦燥し、手段を選ぶ余裕もなくなるに違いなかった。

そんなこと、分かりきっているはずなのに……。

限界まで生徒を追い詰め、絶望させて……まるで不正を誘発するような試験だった。

「……ここか」

寮へ向かう生徒たちの流れから逸《そ》れて、ミコトは校舎一階にある保健室へ入る。

保健室の中には、一人の女性がいた。

「やあ、待っていたよ」

波打つ紫紺の髪を長く伸ばした女性だった。妖艶《ようえん》な雰囲気があり、怪しげな笑顔がよく似合う。白衣を纏《まと》っていなかったら近づこうとは思わなかっただろう。

「腹部に怪我《けが》をしているね。見せたまえ」

女性が目の前のパイプ椅子に座るよう促したので、ミコトはそれに従った。

服を捲《まく》り上《あ》げ、怪我《けが》をした腹を見せる。

「生々しい青あざだな。鬼族《おにぞく》に殴られでもしたかい？」

「いえ、掠《かす》っただけです」

鬼族が何なのかは知らないが。多分、イクスは違うと思う。

「……あの、貴女《あなた》が協力者の？」

「ああ、そういえば自己紹介がまだだったね」

薬液を染《し》みこませた布をぽんぽんとミコトの腹にあてながら、女性は言う。

「私は保健医のキリエ、君たち粛正者《パージ》の協力者だ。……君たちはこれからも不自然な怪我《けが》をすることが多いだろうから、その時は私を頼りたまえ」

いわば闇医者みたいなポジションの女性だった。

手引き書に書いてあったのだ。この保健室には協力者の先生がいると。

「普通の生徒がここに来ることはないんですか？」

「普通の生徒はここに保健室があると認識できない仕組みになっている。表向きの保健室は別にあるんだよ。……粛正の過程で怪我《けが》を負った場合、間違ってもそっちには行かないようにしてくれたまえ。機密保持の都合上、粛正者《パージ》の正体を知る者は教師でも限られているんだ」

つまり表向きの保健医は、誰が粛正者《パージ》か知らないわけだ。

「これを飲みたまえ」

そう言ってキリエは綺麗《きれい》なビー玉のようなものを渡してきた。

抵抗を感じつつも、口に入れて丸呑《まるの》みする。微《かす》かな苦みが舌に残った。

「治療完了だ」

そんな馬鹿な、と思って腹を触った。

……痛みがない。どういう治療法なんだ。

「点数《スコア》は稼げたかい？」

キリエの問いに、ミコトは自身の左手首を見た。

念じると、手首の裏に青白い文字で分数が表示される。
153、と表示される数字を見てミコトは渋い顔をした。

分母に記された目標点数《スコア》には遠く及ばない。

「……あまり稼げてないです」

「それは残念だったね。弱い相手だったのかい？」

「世界を救ったって言ってましたけど……」

「世界を救った英雄なんて、この学園にはゴロゴロいるからねぇ」

キリエは笑ってそう言うが、ミコトの表情は晴れなかった。

そんなミコトの様子に、キリエは神妙な面持ちになる。

「残念なのは、人を殺《あや》めてしまったことかな？」

図星を突かれてミコトは黙った。

「はは、これはまた面白い粛正者《パージ》がいたものだな」

ケラケラと楽しそうにキリエは笑う。

「さあ、そろそろ行きたまえ。皆もう集まってるよ」

キリエが保健室の奥を流し見して言う。

手引き書によれば、粛正者《パージ》の集会は特別な会場で行われるらしい。その会場への入り口は幾つかあり、そのうちの一つがここ保健室とのことだ。

一番奥の簡易ベッドに近づくと、ぐにゃりと空間が陽炎《かげろう》のように歪《ゆが》んだ。

一瞬の浮遊感がした後、景色が変わる。

薄暗い部屋だった。中心には円卓があり、その周りに幾つもの人影が座っている。

人影の数は十二……いずれも全身が黒い気体のようなものに包まれており、顔が視認できない。しかし辛《かろ》うじて体格くらいは読み取れた。

十二個の人影には、それぞれ胴体にⅠからⅫの数字が記されている。

よく見れば自分の身体《からだ》も同じように黒い気体に包まれていた。胴にはⅩⅢと記されている。

なるほど。この場では粛正者《パージ》の正体が隠されているようだ。代わりに、数字で一人一人区別がつけられるようになっている。

「これで全員揃《そろ》ったな」

円卓の奥に、黒い気体に包まれていない男がいた。

白い羽を生やした男は、こちらを見て言う。

「では粛正者《パージ》の集会を始めよう」

取《と》り敢《あ》えず、近くの空いている椅子に腰を下ろした。

「私はアイゼン、貴様ら粛正者《パージ》の監督だ。この学園には、粛正者《パージ》の正体が貴様らであることを知っている教師……いわゆる協力者が何人かいるが、私は教師ではないため普段は姿を見せない。私は貴様らを監督するためだけの存在だと思ってくれていい。集会についても、今回だけは私が進めるが、次からは貴様ら自身で回してくれ。この集会の目的は、あくまで粛正者《パージ》同士の情報交換に過ぎないからな」

アイゼンとやらは、本来なら監督……つまり見守ることだけに徹する立場らしい。

或《あ》いは、監視か。

「ちなみに、身体《からだ》に書かれている数字は単にこの部屋に足を踏み入れた順番だ。以降、私はその数字を用いて貴様らを区別する」

数字は概《おお》ね予想通りの意味だった。

ミコトは小さく首を縦に振る。

「さて。最初の試験は終わったが、特に問題はなかっただろうか？」

「――厳しすぎる！」

アイゼンの問いかけに真っ先に反応したのは、斜め前に座る人影だった。

体格と声からでしか判断できないが、感情豊かな少年のようだ。

数字は、二番。

「あんな衆人の前で、どうやって違反者を殺せばいいんだ！」

「まー、ちょっと厳しそうだったよねぇ」

二つ隣に座る少女が、同意を示す。

彼女の数字は八番だ。

「だが、既に粛正した者がいるぞ」

そんなアイゼンの言葉に、一瞬、場が静まり返った。

「へぇ、誰だよソイツ」

「そ、そんな大胆な人、いるんだ……」

二番の少年だけでなく、十二番の少女も感心したような声を零《こぼ》す。

騒々しくなる一室で、ミコトは唇を引き結んだ。

監督するためだけの存在と自称するなら、余計なことは言わないでほしいものだ。

「粛正のタイミングは各々《おのおの》が自由に決めていい。違反者を見つけたが試験中には粛正できなかったということがあれば、試験の後でも粛正は可能だ。協力者を用意するもよし。なんなら人前で粛正してもいい」

「人前で殺したりしたら、警戒されてその後の活動に支障を来すだろうが」

「それもまた貴様らの自由だ」

感情豊かな少年の反論に、アイゼンは淡々と言った。

粛正者《パージ》の目的は、違反者を殺し、点数《スコア》を稼ぎ、願いを叶《かな》えることである。警戒されるとこの目的が遠退《とおの》いてしまうのは火を見るより明らかだ。

「多少のリスクは受け入れてほしいものだな。なにせ、表の生徒はたった一人しか願いを叶《かな》えられないことに対し、粛正者《パージ》は点数《スコア》さえ稼げば誰でも願いを叶《かな》えられるのだから」

アイゼンの発言には一理あったが、欠けている点もあった。

確かに粛正者《パージ》は点数《スコア》さえ稼げば願いを叶《かな》えられる。だが、願いを叶《かな》えた後はこの学園を去ることになる。恐らく、試験で不合格となった者たちと同じような方法で。

つまり、粛正者《パージ》は絶対に死ぬ。

神様になることができない粛正者《パージ》は、この世界で必ず死ぬのだ。表の生徒と比べると、願いを叶《かな》えやすい代わりに未来がない。これを単純なリターンと考えるのは難しいだろう。

「アタシ、ちょっと聞きたいことがあるんだけどさ。点数《スコア》って具体的に何なの？」

八番の少女が挙手して言った。

「アタシら粛正者《パージ》にノルマを作りたいなら、人数にすればいいじゃん。一人頭このくらい粛正してねって感じで。そうしないってことは、この点数には明確な意味があるんだよね？」

その疑問はミコトも感じていた。

他の者も同様だろう……と思っていたが、

「点数《スコア》とは、霊子のことですよ」

答えたのは、アイゼンではなく他の粛正者《パージ》だった。

こちらも少女の声だ。華奢《きやしや》な体軀《たいく》だが、声色から気の強さが、話し方からは知性が窺《うかが》える。

その数字は、七番だ。

「内包する霊子の量は人それぞれなので、人数では決められないんです」

「いや、霊子って何？」

「……驚きました。随分、低い文明の世界に生まれたんですね」

「もしかして喧嘩《けんか》売ってる？」

八番の少女が拳の骨をコキリと慣らした。

「その辺りの情報は天使に聞きたまえ」

アイゼンが、二人の間に散る火花を無視して言う。

「貴様らはまだ天使を上手《うま》く活用できていないようだが、あれは主人にとって不利な行動は絶対できない仕組みだ。天使の発言内容は信頼していい。多少の個体差はあるがな」

ここにいる者は皆、普通の生徒ではなく粛正者《パージ》として集められた少年少女だ。疑《うたぐ》り深《ぶか》いのはミコトだけではない。恐らく全員、まだ天使を信じ切れていないのだろう。

とはいえミコトはそろそろ天使に対する警戒を解くつもりだった。……この世界には知らないものが多すぎる。彼女から説明を受けなければ、ろくに身動きも取れないままだ。

「第一回、粛正者《パージ》定例集会はこれで終わりだ。午後からは授業も始まる。それまでに各々《おのおの》疑問を解消しておくように」

アイゼンが集会の終わりを告げる。

「無駄な時間だったな」

厳《いか》めしい男の声が響いた。

その男はミコトの左隣に座っており……巨大の一言に尽きた。背丈は余裕で二メートルを超えており、筋肉も膨れ上がっている。先程から椅子がぎしぎしと音を立てていたので、ずっと気になっていたのだ。

彼の数字は、五番。

「アイゼンと言ったか。集会への参加は自由なのか？」

「ああ、自由だ」

「では当分参加しないでおこう。我が輩は青春を謳歌《おうか》するのに忙しいのでな」

青春？　とこの場にいる全員が首を傾《かし》げた。

「粛正者《パージ》の使命など知ったことではない」

巨漢は立ち上がり、その雄々しい背中を見せつける。

鍛え上げられたその肉体からは、強靭《きょうじん》な意志の力が滲《にじ》み出《で》ていた。……この中でも、心身ともに抜きん出ている。ミコトがそう感じた男は、ゆっくり口を開いた。

「我が輩の目標は――童貞を捨てることだ」

そう言って巨漢は去って行った。

(((なんだあいつ?)))

多分、この場にいる全員が同じことを思った。

聞き間違えかと思ったが、周りの反応を見る限りそうではないらしい。

粛正者《パージ》たちが次々と立ち上がり、入り口のドアに触れる。すると一人ずつその姿が黒い靄《もや》に包まれて消えていった。

往路が特殊なら復路も特殊だ。

「貴様、こっちに来い」

ドアの方へ向かおうとしたミコトを、アイゼンが呼び止めた。

個人的な用事があるらしい。不思議に思いつつもアイゼンに近づくと、

「よくやった」

アイゼンはミコトに賞賛の言葉を述べる。

「何のことですか？」

「誤魔化す必要はない。私はこの場を離れられない立場だが、粛正者《パージ》の情報はある程度把握できる。……喜べ。貴様は今、どの粛正者《パージ》よりもリードしているぞ」

たった一人分のリードで浮かれるほど楽天家ではない。

ビギナーズラックみたいなものだ。

「一つ訊《き》きたいことがあるんですが」

「なんだ」

「粛正者《パージ》が、違反者を見逃した場合はどうなるんですか？」

その問いを聞いたアイゼンは、先程までの上機嫌な様子を消し、難しい顔をした。

「どうにもならん。試験官が見逃し、更に粛正者《パージ》までもが見逃したとなれば、それはそれで一つの稀有《けう》な才能なのだろう。神様も寛大に対応してくれるはずだ」

つまり――たとえ禁止事項に抵触しても、出し抜けば合格できるわけか。

同時にもう一つ分かったことがある。……粛正者《パージ》は違反者の生殺与奪権を握っていることになるわけだ。殺すだけでなく生かすことも可能である。

「だが、そんなことをすれば貴様の願いは遠退《とおの》くぞ。……早く生き返らせたいのだろう？」

アイゼンが微《かす》かに笑う。

その瞬間、ミコトは鋭くアイゼンを睨《にら》んだ。

「……僕の願いを知っているのか」

「そう睨《にら》むな。言っただろう、私は粛正者《パージ》の情報をある程度把握できると」

ある程度、という前置きが気になる。

この様子だと……恐らく、ミコトが一度イクスを助けようとしたことまでは知らない。アイゼンが知るのは結果だけで過程までは把握できないのだろう。

「粛正者《パージ》とは、神様に相応《ふさわ》しくない人間を間引く存在だ。貴様らが正しく機能せねば、いずれ誤った神様が生まれ、全ての世界が混沌《こんとん》に包まれるかもしれない。だから責任をもって……殺して、殺して、殺しまくれ。それが貴様らの存在意義だ」

神様に相応《ふさわ》しくない人間は一刻も早く殺すべきだ。それが粛正者《パージ》の役割なのだ。……アイゼンが言いたいのはそういうことだろう。

だが――気に食わない。

まるで、願いを人質に取られているような気分だ。

「殺したことは後悔していない。でも……粛正者《パージ》が皆、願いを叶《かな》えることしか考えていないと思ったら大間違いだ」

ミコトがそう言うと、アイゼンが眉間に皺《しわ》を寄せる。

「貴様には、願いを叶《かな》える以上に優先するべきことがあるのか？」

ミコトの脳内で過去の光景が蘇《よみがえ》った。

恩師と慕っていた一人の女性。ミコトの人生を導いてくれた彼女は、かつて告げた。

『ミコト。私たちは間違った生き方をしているわ』

儚《はかな》い笑みと共に、あの人は自分を見た。

『だからせめて、心だけは正しくありたいじゃない？』

その一言があったおかげで――ミコトは今まで生きてこられたのだ。

幸福が存在しない、血と怨嗟《えんさ》だけがあるどす黒い世界で。あの人は、どう生きるべきか分からない自分に正しい道を示してくれた。

あの言葉がなければ、自分の心はとっくに闇に堕《お》ちていただろう。

「……同じなんだ」

恩師の言葉を思い出し、ミコトは告げる。

「僕にとって、あの人を蘇《よみがえ》らせることと、あの人の意志を守ることは同じなんだ」

だから、この想《おも》いを捻《ね》じ曲《ま》げるつもりはない。

「意気込みはいいが、余裕はないぞ」

アイゼンが言う。

「既に自覚しているだろうが、貴様はこの学園で圧倒的に不利な立場だ。……学園に招かれた者たちは皆、超常の力を宿している。だが貴様にはそれがない。貴様には、魔を祓《はら》う聖剣もなければ、鋼を砕く腕力もなく、龍の生き血も吸っておらず、石を黄金に変える知識もない」

アイゼンはその瞳にミコトを映し、淡々と告げる。

「貴様が育った世界は、他のどの世界よりも軟弱だ。……精々、足掻《あが》くがいい」

アイゼンの言う通り、自覚していたことだった。

この世界には、御伽噺《おとぎばなし》で出てくるような英雄がいる。しかし彼らを殺さねばならないミコトは御伽噺《おとぎばなし》ではなく現実の世界の住人だ。

厳しい戦いになるだろう。

それでも、折れるつもりはなかった。


葉月尊《ハヅキミコト》の願いは一つ。

かつて、この手にかけてしまった恩師を――――蘇《よみがえ》らせることだ。

「霊子っていうのは、ミコト様の世界で言う魂みたいなものです」

◆

寮の自室に戻ったミコトは、部屋で昼食をとりながらパティの説明を聞いていた。

質問したのは、集会で話題になったキーワード……霊子についてだ。

「魂は、あらゆる存在が持つ万能のエネルギーになります。粛正者《パージ》が違反者を殺した時、違反者の魂が粛正者《パージ》へと移譲されるんです。これが点数《スコア》を稼ぐ仕組みとなります」

「なるほど。じゃあ強い違反者を殺せばより高い点数《スコア》を稼げるのは、強い人ほど魂……即《すなわ》ち霊子が大きいからなのか」

「はい。ただし霊子の量は、腕力とか知能みたいな単純なものと結びついているわけじゃありません。なんて言いますか……生物や、存在としての強さと言えばいいんでしょうか。霊子をたくさん持っていると、そういうのが強くなります」

パティが用意してくれたパスタを食べながら、ミコトはふぅん、と相槌《あいづち》を打った。

つまり、イクスは強い武力を持っていたが、霊子を多く持っていたわけではなかったということだ。点数《スコア》があまり稼げなかった理由が明らかになる。

「霊子の量って、どうやって決まるんだ？」

「輪廻《りんね》転生です」

宗教臭くなってきた。

概念的で分かりにくいが、ひとまず話を聞いてみる。

「全ての存在は霊子と原子によって構成されます。肉体は原子で、魂は霊子です。……生命が死ねば、原子は土に帰り、霊子は輪廻《りんね》転生して次の命になります。輪廻《りんね》転生の際、霊子は生前の行いを審査され、その結果に応じて霊子が追加されたり削減されたりするんです。つまり霊子というのは、輪廻《りんね》転生によっていくらでも蓄積することができます。その末に、この学園に招かれるような高い能力を持つ人間が生まれるんです」

輪廻《りんね》転生を繰り返し、大量の霊子を保有した存在ほど優れた生き方ができるということだ。

「ですが、この学園で禁止事項を犯し、粛正者《パージ》の手によって罰せられた人は……全て、の霊子を、剝奪されます。今まで蓄積した霊子を全て失って、また一から輪廻《りんね》転生するんです。人間になるには一定以上の霊子が必要ですから、次は微生物か虫あたりになると思います」

どうやら自分はイクスの来世を大きく狭めてしまったらしい。

ミコトは左の手首を見る。そこに示された153という数字……これが、イクスから奪った霊子だ。彼がこれまで輪廻《りんね》転生を繰り返して貯《た》めてきた、大事なものである。

それを、奪った。

「……すみません。聞いていて、辛《つら》い話ですよね」

申し訳なさそうにパティが言う。

「何故《なぜ》、そう思う」

「私はミコト様の天使ですから。……ミコト様が生前、どのような気持ちで生きていたのか知っています」

視線を下げて告げる天使を見て、ミコトはフォークを皿に置き、水を一口飲んだ。

「説明を続けてくれ。パティの情報は、信じることにしたから」

「っ……!?　は、はい！　次は目標点数《スコア》についてですね！」

信じると言ったことがよほど意外だったのか、パティはとても驚いた様子を見せたが、すぐに気合を入れて説明を再開した。

「粛正者《パージ》の皆さんにはそれぞれ叶《かな》えたい願いがあります。そしてその願いを叶《かな》えるために、霊子がエネルギーとして使用されます。つまり目標点数《スコア》とは、願いを叶《かな》えるために必要な霊子の量ということになります」

パティは最初に、霊子とは万能のエネルギーだと言っていた。

使い方次第でそれは願いを叶《かな》えることもできるようだ。

(僕たちは、人間の魂を消費して願いを叶《かな》えるわけか……)

なかなか罪深い。

人を殺し、その魂を奪い、そして奪った魂で願いを叶《かな》えてこの世を去る。

それが粛正者《パージ》の生き様だ。

「……パティ。君は僕の願いを知っているのか？」

パティは首を横に振った。

「実は知りません。私が知っているのは、この世界に来るまでのミコト様の情報なので……この世界に来てからのミコト様の考えや行動は、直接お尋ねしない限りは……」

そう言ってパティは遠慮がちに、ちらちらとこちらに視線を注いだ。

できれば教えてほしい。そう言いたげだ。

少し考えて、ミコトは口を開く。

「僕の願いは、ある人物を生き返らせることなんだ」

「そう、なんですね。……教えていただきありがとうございます」

「僕の過去を知っているならなんとなく予想できただろう？」

「えっと……はい。予想だけなら」

ミコトの人生を覗《のぞ》き見ているようで体裁が悪いのか、パティは怖《お》ず怖《お》ずと頷《うなず》いた。

他人に気を遣える優しい少女だ。

「人を生き返らせるために必要な点数《スコア》は、他の願いと比べて高いのか？」

「……小さいと思います。かつては、過去をやり直すことや、世界を滅ぼしたり再生したりする願いもあったみたいですから」

そんな荒唐無稽な願いも、点数《スコア》さえ貯《た》めれば叶《かな》えることができるのか。

「人を生き返らせるなら、その人が元々持っていた分の霊子を用意するだけで達成できるはずです。肉体を構築する原子は霊子に隷属しますので、どうとでもなります。……こう言ってはなんですが、所詮は人が持っている霊子の量ですから、比較的簡単に貯《た》まると思います」

パティの説明を聞いてミコトは考える。

(目標点数《スコア》が他の粛正者《パージ》と比べて低い可能性が出てきたな。……それなら、粛正者《パージ》の卒業を待ってから行動に移した方が楽か……？)

目の前の獲物をわざわざ逃がすような真似《まね》はしないが、焦《あせ》る必要はないかもしれない。

今後考えられる面倒事の一つとして、粛正者《パージ》同士で獲物の奪い合いというのがある。そうなった際は撤退も視野に入れた方がよさそうだ。

「ありがとう。色々参考になった」

「こ、こちらこそ、頼りにしていただいて光栄です！」

丁度、昼食も食べ終わった。

「そろそろ授業だね。……行ってくる」

部屋の時計を見て、ミコトは立ち上がる。

「あ、あの、ミコト様！　無理はしないでくださいね……っ！」

部屋を出ようとするミコトの背中に、パティは声をかけた。

だがその言葉の意味が分からず、ミコトは首を傾《かし》げる。

「君は、僕の粛正者《パージ》としての活動を支援してくれるんじゃないのか？」

「そ、それも正しいのですが……それ以前に、私はミコト様の味方です」

訥々《とつとつ》と、しかしこればかりは譲れないと言わんばかりに、パティは告げる。

「私は、粛正者《パージ》でも生徒でもなく、ミコト様の味方としてここにいます。……私の願いは、ミコト様が幸せでいてくれることですっ！」

顔を真っ赤に染めたパティが、がばっと勢いよく頭を下げる。

オレンジ色のツインテールと白い羽が、大きく揺れた。

ミコトは返事をせずに部屋を出る。

廊下を歩きながら、思った。

（……なんだそれ）

調子が狂うな、とミコトは小さく呟《つぶや》いて校舎に向かった。

◆

校舎の前に、クラス分けの結果を記した大きな紙が張り出されていた。

生徒たちの集まりを掻《か》き分《わ》けて、掲示板に近づくと――。

「ミコトッ⁉」

大きな声で名を呼ばれた。

振り向くと、すぐ傍《そば》に見知った人物が二人いる。

「ライオット、ウォーカー。二人も無事だったんだね」

「ああ、なんとかな」

「うお〜〜〜！　よかった！　ちゃんと生き残ってたんだな〜〜〜っ‼」

冷静に頷《うなず》くウォーカーの隣で、ライオットは嬉《うれ》し泣《な》きした。

この性格で粛正者《パージ》は絶対に無理だな……。

集会に参加していた十三人。その中にライオットは絶対に含まれていないと確信する。

「イクスはどこだ⁉　いるんだろ⁉」

ライオットが涙を拭って周りに視線を配った。

だが、探している人は見つからない。——見つかるわけがない。

「ライオット、いい加減認めろ。イクスの名前はどのクラス名簿にも載っていない。……イクスは不合格だったんだ」

「……くそっ」

ライオットは拳を強く握り締めた。

「俺は、イクスの分も生きるぜ。……試験なんかに負けてたまるかッ‼」

悔しさと共に決意を表明したライオット。

ライオットは情に厚い男だが、話を聞く限りなかなか過酷な環境で育ったらしい。この切り替えの早さは、彼にとっての生存戦略そのものなのだろう。

「ミコトはどうやって二票目を稼いだんだ？」

ウォーカーが訊《き》いた。

さて……どう答えるべきか。

本当は二票目なんて稼いでいない。イクスの様子がおかしいことに気づいてから、彼が違反者にならないかずっと見張っていたからだ。

ミコトは粛正者《パージ》なので、人望の試験は無条件で合格している。

「……緊張のせいか、体調が悪そうな人がいてね。面倒を見ていたら貰《もら》ったんだ」

「……そうか。お前は優しい奴《やつ》だな」

ウォーカーはあっさり信じた。そういうことをやってもおかしくない人間だと思われているらしい。

我ながら擬態は完璧だ。

長年の経験が自動的にこの擬態を発動する。弱々しくて、頼りなさそうで、影が薄くて、どこにでもいそうな人間——そういうふうに装《よそお》うことが癖になっているのだ。

他の生徒たちと共に校舎の中に入り、教室へ向かう。

「それにしても……」

廊下ですれ違う生徒たちを見ながら、ミコトは言う。

「皆、似たような年齢なんだね」

「ん？」

ウォーカーが不思議そうに首を傾《かし》げた。

「色んな世界から英雄を集めたって聞いたけど、そのわりには皆、似たような年齢だから不思議だと思っていたんだけど……」

さっきすれ違った少女も、今すれ違った男子も、自分たちと年齢はそう変わらないだろう。

もしかして英雄というのは皆、このくらいの年齢で死ぬものなのだろうか……なんて思っていると、ウォーカーとライオットはまだ首を傾《かし》げていた。

「ミコト、もしかしてお前は実年齢のままなのか？」

「え？」

どういう意味だろう？　と疑問を抱くと、ウォーカーが説明する。

「この学園にいる生徒は皆、年齢を十代の少年少女に調整されているんだ。だから俺は今でこそ少年の姿をしているが、本来は三十歳を超えているぞ」

「俺も二十歳は超えてるな。細かい数字は覚えてねぇけど」

衝撃の事実だった。

ミコトは目を見開いて驚く。

「そうだったんだ……」

「この世界に来た時に会った案内役の説明によると、年齢を調整することで、俺たちがこの学園に適応しやすくしているらしい。歳《とし》が低い者は心が壊れやすいので年齢が上げられる。逆に歳《とし》が高い者は新しい価値観を受け入れにくいため年齢を下げられる。……心の強さと、心の柔軟性。この二つのバランスが一番取れているのが、十代半ばから後半のようだ」

冷静に考えれば、やはりここにいる生徒の全員が二十歳にも満たない少年少女というのはおかしな話だった。全員、生前では英雄と呼ばれるほどの人物らしいが、彼らが英雄と呼ばれる切っ掛けとなった出来事は必ずしも十代で起きるものではないだろう。

「前の世界で死んだ時と体格がズレてるからな。おかげで動きにくいことがあるんだ。まあ俺は元々この歳《とし》から半分機械だし、その影響は少ないが」

ウォーカーが両手両足を伸ばし、身体《からだ》の調子を確かめながら言う。

人間の身体《からだ》からは本来聞こえることのない、金属の擦れ合う音がした。

「このことを知らねぇってことは、ミコトはその年齢で英雄になって死んだってことか？　すげぇな……どんだけ壮絶な人生を歩んだんだよ」

「いや……多分、ライオットほどじゃないと思うよ」

ライオットに感心されて、ミコトは苦笑いした。

壮絶だったのは否定しない。だが自分の生き様を英雄と呼ばれるのは、やはり否定したい。

そんなことを話しているうちに、教室へ着いた。

「へ～、これが教室ってやつか」

学校に通ったことが一度もないライオットが呟《つぶや》いた。

ライオット以外にも、何人かの生徒が似たような反応を示す。義務教育という概念のある地球の日本で生まれた自分は、周りより恵まれているのかもしれないとミコトは思った。……まあ自分は学校に通ったことなんて一度もないが。

（……空気が重いな）

あんなことがあった直後だ、誰もが口を閉ざしている光景は無理もない。

しかし彼らは決して恐怖しているわけではなかった。周囲の人たちに対して最大限の警戒を抱いているだけで、混乱することはなく冷静さを保っている。

伊達《だて》に英雄ではない。彼らの瞳には理性の色が含まれていた。

「うぉ……あんな可愛《かわい》い子もいんのかよ」

「ライオット。人を指さすのは失礼だぞ」

ライオットの指が示す方向には、美しい銀髪の少女がいた。

昨日、目が合った少女だ。

また、意識が少女に引っ張られるような感覚がする。

「ミコト、お前まで見惚《みと》れたのか？」

「あ、いや、そういうわけじゃないんだけど……」

訂正しつつ、ミコトは今の気持ちの言語化を試みた。

「なんていうか……妙な存在感みたいなのを、感じて……」

あの銀髪の少女からは、不思議な引力のようなものを感じる。一度見れば視線は釘付《くぎづ》けにされ、なんとか目を逸《そ》らしてもなかなか頭の中からイメージが抜けてくれない。

（……もしかして、これが霊子の強さか？）

存在の強さ。それを今、感じているような気がした。

となれば、あの少女は粛正者《パージ》たちにとって――莫大《ばくだい》な点数が手に入るカモである。

そんなことを考えていると、銀髪の少女がこちらを振り向いた。

銀髪の少女はミコトを見て、小さく頭を下げる。

「ミコト、知り合いだったのか？」

「いや……すれ違った程度だけど」

そのわりには、はっきり会釈《えしやく》されたように感じたが。

「は～い、皆さん揃《そろ》ってますね～！」

適当な席に座って待っていると、小柄な女性が桃色の髪を揺らしながら教室に入ってきた。

「先程の試験ぶりですね～！　改めて、一組の担任であるポレイアです～！　皆さんよろしくお願いしま～す！」

　相変わらず間延びした、どこか幼い雰囲気の声音。

　だが生徒たちは一層緊張した。――無理もない。試験で不合格になった生徒の行く末を見たばかりなのだ。そして目の前の女性は、あの試験の監督だった。

「これから授業が始まりますが、その前に皆さんには試験について知ってもらいま～す！」

　教室に立ち込める緊張感を無視してか、或《あ》るいは気づいてないのか、ポレイアはマイペースに説明を続ける。

「まず、試験には五つの種類があります！　人望、愛情、強さ、賢さ、気高さです！　皆さんはこの五種類の試験を乗り越えて、神様に相応《ふさわ》しいことを証明しなくちゃいけません！」

　先程の試験《フレンド・オア・デス》は、人望の試験と言っていた。

　他にもあるようだ。異なる種類の試験が……。

「そして、この五つの試験を対策するために授業というものがあります。この授業も五教科あり、それぞれ文学、数学、理学、史学、運動学といいます！　試験が進むにつれて、美学や情報学といった他の科目も追加されていきますが、まずはこの五教科を学んでください！」

　国語、数学、理科、社会、体育……といったところだろうか。後に追加されるのは多分、美術とＩＴだ。学校に通ったことはないが、知識はあるのでなんとか理解できる。

　一方ライオットは全く分からないようで、頭上に幾つもの疑問符を浮かべていた。

「一組の今日の予定は、数学と史学、文学ですね。では皆さん、最初は慣れないと思いますが頑張って勉強してください！　ちなみに私は理学の担任ですよ～！」

そう言ってポレイアは教室を出て行く。

しばらくすると、数学教師と思《おぼ》しき男性が入ってきた。

学園の授業が始まる――。

◆

「数学の授業を始める。……よく聞け、数学とはこの世で最も奥深い学問だ。何故《なぜ》なら数学とは秩序の集合であり、それを学ぶことで賢さだけでなく気高さも得られ――」

長身痩軀《そうく》の賢そうな男性教師が、数学の魅力を語り出すところから最初の授業は始まった。

生徒たちは教科書を開きながら集中して板書する。

チャイムが鳴り、休み時間が過ぎると、また次の授業が始まった。

「じゃあ、史学の授業を始めるよ。この授業では色んな世界の歴史を学ぶことで、今の君たちの人生に活《い》きる教訓を――」

細身で童顔な男が教壇に立ち、教室を見渡しながら授業を進める。

再び教室は、真面目で……穏やかな空気に染まった。

やがてチャイムが鳴り、史学の教師が教室を出て行った。

ミコトは肩の力を抜く。

（……なんか、思ったよりも普通だな）

今のところ印象的だったのは、数学の授業でライオットが四則演算すらできないと発覚して教師に心底呆《あき》れられたことくらいか。ここにいる生徒は生い立ちがバラバラだが、それにしたって四則演算レベルの教養がないのは珍しいらしい。

（学校の授業って、こんな感じなのかな……）

実際に学校に通ったことはないため、予想しかできない。

しかし、これはなかなか……悪くない。

なんだか、自分が普通の人みたいだ。

ずっと求めていた日常が、まさか死後の世界にあるなんて……思いもしなかった。

「では、文学の授業を始めます」

本日最後の授業が始まった。

教壇に立った女教師は教室をざっと見渡しながら語り出す。

「この授業では、あらゆる世界から蒐集《しゅうしゅう》した価値ある文学について触れていきます。……文学は素晴らしい教材です。人望、愛情、強さ、賢さ、気高さ……神様に求められる全ての要素を学ぶことができるのは、きっとこの科目だけでしょう」

そう言って、女教師は教科書を手に取る。

「六ページ目を開いてください」

生徒たちが教科書を開いた。

しかし全員、そのページを見て「ん？」と首を傾《かし》げる。

……読めない。

そのページには、見覚えのない文字の羅列が記されていた。

「この授業では古今東西のあらゆる文学を、原文そのままでも読解できるようになってもらいます。翻訳すると、失われる響きがありますからね」

英語でも中国語でも、当然、日本語でもない。

違う世界の違う言語だ。読めるはずがなかった。

「ちなみに皆さんの言語が通じ合っているのは、神様がこの学園に自動翻訳の奇跡を使っているからです。私は反対したんですけどね」

今更そんな説明を受ける。

冷静に考えたら確かに奇妙だ。違う世界の人間同士で会話ができるのは。

「さて、ここに書かれている文章を既に理解できる方はいますか？」

女教師が教科書を指さしながら訊《き》く。

そんなこと言われても、誰も挙手なんてしないだろう……と思っていたが、前の方に座る赤髪の女子生徒が慎《つつ》ましく手を挙げた。

気弱そうな生徒だが、制服のスカートが他の女子生徒と比べても短くなっていた。とはいえそれ以外に特徴はなく、どちらかと言えば無個性寄りであることが窺《うかが》える。

教師が目配せして読み上げるよう促すと、女子生徒は小さく頷《うなず》いて口を開く。

「遥《はる》か昔、白い煙に覆われた谷があった。谷の奥には眩《まばゆ》い黄金が眠っていた……」

「素晴らしい。この文学は貴女《あなた》の世界のものなのですか？」

「い、いえ……私、どんな種類の言葉でも理解できる力を持っていて……」

「なるほど。今の訳から察するに、原文をニュアンスまで理解しているようですし、そういう能力なら構わないでしょう。貴女《あなた》にとってこの授業は退屈なものになるかもしれませんね」

それでは解説していきましょう、と女教師は授業を続けたが、生徒たちの集中が途切れているのは明白だった。

どんな種類の言葉でも理解できる力。……そんな力や技術、少なくともミコトのいた世界には存在しない。

（……超常の力、か）

アイゼンが言っていたことを思い出す。

この学園には、超常の力を持った者が集まっていると。

（……やっぱり全員、特殊な力を持っていると考えた方がいいな）

そして自分は、彼らを殺さなくてはならない粛正者《パージ》という立場だ。

……情報収集が必要だ。

超常の力とはいえ、弱点が皆無なわけではないだろう。事実、イクスは不意を突いて剣を抜かせなければあっさり殺すことができた。

いつ、目の前の生徒が違反者になってもいいように、一人一人丁寧に情報を集めたい。

前世でもここまで大変な仕事はなかったな、とミコトは思った。

◆

「学園の授業って、めちゃくちゃ大変なんだな……」

放課後になると同時に、ライオットが机に突っ伏した。

今更だが席順は適当に決めてよかったんだろうか？　ミコトの右隣にはライオットが、正面にはウォーカーが座っている。空いていたので適当に座ったが。

「俺としては、逆に簡単すぎると感じたな。まあこれから難しくなるのかもしれないが」

ウォーカーは元の世界で既に一通りの教養を身につけているようだ。

だが彼の言う通り。一回目の授業を受けただけでは、今後どうなるかまだ分からない。

「ミコトは授業についていけたのか？」

「まあ、辛《かろ》うじて」

「くっそー、俺だけ分かんなかったのかよー」

ライオットは机に突っ伏したまま悔しそうに声を零《こぼ》した。

「大体こんなことを繰り返して、本当に神様に近づけんのか？」

ライオットが疑問を発する。

ミコトは少し考えてから口を開いた。

「授業には、意味があると思う」

ライオットが身体《からだ》を起こす。

不思議そうなライオットへ、ミコトは続けた。

「史学の授業で、資源を奪い合って戦争を続けた世界が紹介されたよね。……僕はあの話を聞いて、人望の試験を思い出した。上手《うま》く言えないけど、先にあの授業を受けていたら、試験の結果も少しは変わったんじゃないかな」

根拠はない。だが、授業を聞くことで胸の中にストンと落ちるものが幾つもあった。

生前、人並みの教育を受けられなかったミコトだからこそ――分かる。上手《うま》く言い表せないが、あの授業からは得られるものがあると。

「利益を求めて奪い合いを続けると、その先には塵《ちり》一つ残らない。……そういう教訓が得られる授業だったたな、あれは」

ウォーカーも意見を述べる。

「教養というのは、思想の土壌みたいなものだ。身につく実感こそ薄いが、知れば知るほど道を踏み外しにくくなる。真剣に学んで損はないだろう」

「……そうだな。寮に戻って復習しとくかぁ……」

ライオットは溜息《ためいき》交じりにそう言った。まだ疲れているが、前向きにはなったようだ。

道を踏み外しにくくなるということは、不正を犯しにくくなるということかもしれない。もしイクスがこの授業を受けていたら、彼の行動は変わっただろうか。

「もっとも、授業に集中するためにも……この空気はどうにかしてほしいところだがな」

そう言ってウォーカーが教室の様子をざっと見る。

教室の空気は、授業が始まる前よりも重たくなっていた。

恐らく原因は、文学の授業で発言した女子生徒だろう。

彼女はどんな種類の言葉でも理解できる力を持っているらしい。……その話を聞いて、皆警戒心を一段引き上げたに違いない。この学園にいる生徒は、誰もが特殊な力を持っている。

「存外、ライオットの暢気《のんき》さはありがたいのかもしれんな」

「だろ？　そういう役回りが得意なんだよ、俺は」

すっかりイクスのことなど忘れたように振る舞うライオットだが、その発言から察するにある程度は意図して明るく振る舞っているようだ。

強いな、とミコトは思う。

周囲の人間が思い詰めないよう、率先して道化を演じているのだ。

「──しっこいな！」

その時、教室の端から声が聞こえた。

「しつこい？　私はただ、その剣が物騒だから仕舞ってほしいと指摘しただけでしょ」

「嫌だと言っているだろ。俺から武器を取り上げて何をするつもりだ？」

「疑心暗鬼にならないでよ。器が知れるわね」

「武器如《ごと》きで不安になるお前こそ、器が知れるだろ」

どちらの言い分にも一理あるが、強いて言うなら女子生徒の意見に賛成だ。

ミコトは服の上から背中に隠しているナイフに触れた。文化の違いはあるのだろうが、あんなふうに堂々と武器を出している方にも非はある。

「あれ、止めなくて大丈夫か？」

「止めたところで悪目立ちしそうだ。誰かまとめ役がいればいいんだが……」

「ウォーカーがやればいいじゃねぇか」

「断る。こんなゲテモノだらけ集団、誰がまとめるか」

ミコトからすればサイボーグであるウォーカーもゲテモノ寄りだが、その気持ちも分からなくもない。

そもそも異形の生徒が何人かいる。頭が蜥蜴《とかげ》だったり、頭から獣の耳を生やしていたり、遠目で見るには楽しめるが彼らをまとめられる自信はない。

（とはいえ、ウォーカーの言う通り…まとめ役はいた方がいいな）

この殺伐とした空気は精神が磨《す》り減《へ》る。

別に粛正者《パージ》としての仕事に支障はきたさないが……純粋に居心地が悪い。

「皆さん、少しお話をしませんか？」

透き通る少女の声が響く。

教壇の前に、銀髪の少女が立っていた。ミコトたちがこの教室に入った時、真っ先に注目した異様に容姿が整っている少女だ。

「私は、ルシア＝イーリフィーリアと申します」

静かに名乗り、頭を下げる少女。

その丁寧な所作にクラスメイトたちは思わず見惚《みと》れるが――。

「単刀直入に言います。皆さん、私の仲間になってくれませんか？」

そんな言葉を聞いて、クラスメイトたちはすぐに険しい顔つきになった。

先程喧嘩《けんか》していた男女のうち、男子の方が口を開く。

「仲間って、どういう意味だよ？」

「一緒に試験の合格を目指す関係のことです」

「はっ！　一人しか生き残れないのにか？」

男子はミコトたちの疑問を代弁してくれた。

しかし銀髪の少女ルシアにとって、その発言は予想していたのか落ち着いて返事をする。

「今日一日、授業を受けて確信しました。……たった一人の神様が決定するまで、私たちにはかなりの猶予があります。授業のペースから考えると数年はかかるでしょう。つまり、こんな早々に反目する必要はないということです」

そんなルシアの発言に、今度はウォーカーが手を挙げる。

「授業を聞くだけで、どうして数年もかかると分かったんだ？」

「私が生きていた世界では、神様と交流することができました」

「神様と、交流……？」

「はい。と言っても限定的ですが。聖女と呼ばれる人間だけが、神様と交流できたんです。その聖女が神様と話して、神様になるために必要な教養を聞き出しています」

なるほど。必要な教養を知っているから、そこから逆算して授業のペースを予想したのか。

それが真実かどうかはさておき、話自体は筋が通っている。

しかしそんなルシアに対し、喧嘩《けんか》していた男女のうち、女子の方が冷笑した。

「なら、せめてその聖女とやらに話をしてほしいんだけれど」

「私がその聖女です」

ルシアが端的に告げる。

「神聖エルスタイン皇国、七十七代目聖女――それが私の肩書きです」

しん、と教室が静まった。

全身から溢《あふ》れ出《で》るその高貴な気配に、破裂寸前の風船のようだったこの教室の中で堂々と発言するその胆力。

彼女の発言からは嘘《うそ》が感じられない。

「仲間を作りたいと思った理由は、他にもあります」

静まり返った教室で、ルシアは話を続ける。

「人望の試験が終わった後、私はポレイア先生にお願いして、自分が何票獲得していたか確認したんです。その結果、私は十票獲得していました。……つまり、私が上手《うま》く立ち回りさえすれば、あと四人は生き残ることができたということです」

どうやらこの少女は過剰に票を貰《もら》ってしまったらしい。それゆえに後ろめたさを感じ、協力関係を結びたいという気持ちは一応筋が通っている。

しかし今、ミコトたちの頭を占めるのは、全く別の考えだった。

十票も、獲得した――――？

つまりこの少女は、十人の人間から信頼に足ると判断されたわけか？　それも、自らの命を守る交渉材料……投票用紙を捧《ささ》げるほど。

「私はこの結果を激しく後悔しています。不合格になった方々には申し訳ない言い方になりますが、最低でも四人が無駄死にしているのです。……たとえ最後は一人だけだとしても、彼らが今この瞬間に死ぬ理由は絶対にありませんでした」

苦虫を噛《か》み潰したような面持ちで、ルシアは語る。

「皆さんも同じなはずです。……生き残るのは一人だけかもしれません。しかし、それでも今この瞬間に死にたいと思う人は、一人もいません」

その通りだ。クラスメイトの何人かが首を縦に振る。

「多くの人が、少しでも長く生き残れるように団結したい。それが私の目的です」

聖女ルシアの真《ま》っ直《す》ぐな目に射貫《いぬ》かれて、クラスメイトたちは微《かす》かに高揚していた。

引き込まれる。思わず頷《うなず》いてしまいそうになる。

これが本物の求心力かとミコトは思った。カリスマと言ってもいい。彼女について行くことが正しいような気がしてならない。その先に栄光が……誇らしい未来が待ち望んでいるような予感がある。胸が自然と高鳴り、物語の始まりを目の当《ま》たりにしている気分になる。

それはライオットも同じなのか、その目をキラキラと輝かせていた。

「どうするよ、二人とも？　仲間になっちまうか？」

自分は仲間になる気満々のくせに……。

表面上でだけ相談するライオットに対し、ウォーカーは考えながら答えた。

「……そうだな。俺も仲間になるのは賛成だ」

ウォーカーはあくまで冷静な様子だった。

「正直、このタイミングで仲間ができるのはメリットが大きい。この学園のわけの分からない試験に臨むなら、頼れる相手は少しでも多い方がマシだ。……いずれ離反するとしても、仲間になっておけば他の生徒の情報も手に入るしな」

試験の要領さえ摑《つか》めばこの三人だけでも対策はできるかもしれないが、序盤のこの段階では自分たちだけでは心許《こころもと》ない。

先の展開は分からない。だが、今この瞬間は仲間を作るメリットがある。

それにウォーカーの言う通り、他の生徒の情報が手に入るのも大きい。……粛正者《パージ》の仕事もやりやすくなるだろう。

「言いたいことは分かった。それでも俺はパスさせてもらうぜ」

喧嘩《けんか》していた男女のうち、男子の方が言う。

「人望の試験で十票も稼いだってことは、まあ試験の名前通り、人望に関しては信頼できるんだろうな。でもそれ以外の実力はあるのか？　愛情、強さ、賢さ、気高さ……だったか。他の分野で足を引っ張られるのは困る」

なんとなく、あの男子は強さに自信があるんだろうなぁ、とミコトは思う。

しかし気持ちは分かった。ルシアは細身で背も高くはない。武力による争いが起きた時、彼女は真っ先に脱落してしまいそうだ。

「羽の噂《うわさ》はご存知ですか？」

ルシアが訊《き》くと、男子は不思議そうな顔をした。

「神様に気に入られている生徒には、羽が贈られるという……あれか？」

「そうです」

ミコトも今朝、ライオットたちから聞いた噂《うわさ》だ。

どうやら噂《うわさ》は学園中に広まっているらしい。

「私は、その羽を贈られました」

そう言ってルシアは、何かを取り出す。

ルシアが指で持っているのは、一枚の羽だった。色は純白だが、ぼんやりと光っている。羽が微《かす》かに揺れる度に雪のような小さい光の粒子が現れた。不思議で神秘的な羽だ。

「それが……」

「神様の羽です。複数の天使から確認を取りました。疑うようでしたら、これを持ってご自分の天使へ確認してみてください」

噂《うわさ》は真実だったわけだ。

反対していた男子も、流石《さすが》に押し黙る。

「噂《うわさ》によると、羽を贈られた生徒はもう一人いるそうですが……これが私の証明できる全てです。少なくとも私は今、この教室の誰よりも神様に近いと思います」

反対する雰囲気だった生徒たちも、今の話を聞いて再び考え込む。

今ここでルシアの仲間になれば——勝ち馬に乗ることができる。当面の間だけでもその戦略を選ぶ価値は充分あった。

「皆さん、何卒《なにとぞ》ご検討をお願いします」

ルシアは頭を下げた。

「私たちはこれからも、誰かを蹴落とさなくちゃいけないかもしれません。ですが、だからこそせめて、その時が来るまでは助け合えたらと思うんです」

ルシアの想《おも》いが、空気を伝播《でんぱ》する。

「矛盾しているかもしれませんが、それでもこれが私の本心です。……誰かを犠牲にしなければいけないからこそ、せめて心だけは正しくありたいのです」

「——っ」

その言葉を聞いて、ミコトは息が止まった。

今のは。

今の言葉は——。

『ミコト。私たちは間違った生き方をしているわ。だからせめて、心だけは正しくありたいじゃない？』

かつて、自分を救ってくれた人。

そして自分が手にかけてしまった人の言葉と、全く同じで――――。

（……似ている）

あの少女には求心力がある。だから不思議と引き込まれると思っていたが……ミコトが彼女に惹《ひ》かれていたのは、それが理由ではなかった。

（彼女は…………師匠と似ている）

あんな人、他にいないと思っていた。

でも――いるのか。

師匠と同じような、崇高で高潔な生き様を貫ける人間が。

「……なろう」

「ミコト？」

ライオットが首を傾《かし》げる。

「仲間になろう。……なっても、いいと思う」

そんなミコトの考えを聞いて、ライオットはにやりと笑い、

「おーい！　俺たち、仲間になっていいか？」

大きな声でそう告げるライオットに、ルシアは首を縦に振った。

「是非、お願いします」

これを皮切りに、他のクラスメイトたちも次々とルシアの仲間になっていく。

「……俺もなる。さっきは見くびって悪かったな」

「私もなるわ。これからよろしく」

喧嘩《けんか》していた男女も仲間に加わる。

教室が騒々しくなり、他のクラスの生徒が廊下から様子を見に来ていた。

（結局……クラスの全員が参加したか）

教室の雰囲気が落ち着いた頃、ルシアが「もしかして全員ですか？」と疑問を口にし、試しに仲間になっていない人に挙手を求めたが誰も手を挙げなかった。

クラスの全員が参加したので、ルシア率いる団体は、そのままこの教室を活動拠点にすると決める。黒板もあるし人数分の椅子もあるし丁度いい。

「早速やりたいことがあります。この中で、授業についていく自信がない方はいますか？」

ルシアの問いに何人かの生徒が手を挙げる。その中にはライオットもいた。

「学園の授業は大切な試験対策です。まずはここにいる全員が、授業の内容をちゃんと把握できるようサポートしていきましょう」

「助かる……」

ライオットがありがたそうに礼を述べた。

「では十分後に勉強会を始めますので、参加する方は残ってください」

このまますぐに勉強会を始めるよりも、休憩を挟んで雑談させた方が、生徒同士の交流も盛んになると判断したようだ。

人の上に立つことに慣れているのかもしれない。ルシアの目論見《もくろみ》通り、クラスメイトたちはぽつぽつと雑談を始める。そこにはもう、先程までのような一触即発の空気はなかった。

ライオットもウォーカーも、近くにいる生徒と話している。

「あの、すみません。少しいいですか？」

ミコトに声をかける人物がいた。

その少女は——聖女ルシアだった。

「……僕？」

「はい」

ルシアは頷《うなず》き、こちらを真《ま》っ直《す》ぐ見つめる。

「よかった。無事に合格できたのですね」

「……どういう意味だ？」

「貴方《あなた》に票を入れた一人は私です」

一瞬、思考が停止する。

自分はライオットから一票貰《もら》っただけで、二票目は獲得できずに粛正者《パージ》の特典で自動的に合格になっていたと思っていた。しかし違ったらしい。

どうやら粛正者《パージ》の特典がなくても合格になっていたようだ。

「……何故《なぜ》、僕に票を？」

「貴方《あなた》のことを見ていました」

柔らかな微笑《ほほえ》みと共に、ルシアは言う。

「試験の終盤、ご友人を助けようとしていましたよね。……あれを見て、貴方《あなた》は信頼できる相手だと思い、投票したんです」

二票目を獲得できず焦《あせ》っていたイクスに、ミコトは声をかけた。あの時のやり取りを見られていたらしい。投票用紙には名前を書く必要があるので、ルシアはその時の会話を聞いてミコトの名前を知ったのだろう。

だが、この様子を見る限り、その後のことは知らないようだ。

……追跡対策をしておいてよかった。

丁度イクスとその会話をした後、ミコトはイクスが違反者になると予想し、その姿を追うことにした。その際、追跡を避けるために何度も意図的に雑踏に紛れていた。万一こちらを見ている者がいても見失うように。

「貴方《あなた》が仲間になってくれてとても嬉《うれ》しいです。ここだけの話、クラスの皆さんが私を拒絶しても、貴方《あなた》には個別で声をかけてみる予定でした」

「……そこまで信頼されることをしたかな」

「最初の試験はとても厳しいものでした。誰もが自分のことで精一杯だったはずです。そんな中で他人のために動けることが、どれほど勇ましいことか……」

ルシアは両手を重ねて感動していた。

いや、いや、だが事実は違う。

ミコトは別に、自分のことを考える必要がなかっただけだ。粛正者《パージ》の自分は合格が確定している。だから他人のことを考える余裕があったのだ。

「……まあ、信頼は受け取っておくよ。ルシア……さん？」

「ルシアで結構です。私はミコトさんと呼んでも？」

「僕もさんは要らないよ」

「私の口調は癖みたいなものなので」

敬語にさん付けは崩せないものらしい。

分かった、とミコトは頷《うなず》く。

「何か困ったことがあったら、いつでも言ってくれ。僕はもう仲間なんだから」

「ありがとうございます。頼もしいです」

その後、ミコトはルシアたちと共に勉強会に参加した。

——滑り出しは順調。

大規模な集団に所属することができ、しかもそのリーダーに気に入られた。これなら情報も集めやすいだろう。多少派手に動いてもルシアが庇《かば》ってくれそうだ。

ルシアの人望がそうさせているのか、あれほど疑心暗鬼だったクラスメイトたちも今は純粋に友好を深めるために情報交換をしている。

彼らの警戒心が下がれば下がるほど、粛正者《パージ》の仕事はやりやすい。

師匠を生き返らせる。その願いのためだけに、ミコトはクラスメイトと交流した。

◆

勉強会が終わり、寮に戻ったミコトは目の前の光景に違和感を覚えた。

「……あれ？」

建物の中身が微妙に変わっている。フロントはこんなに広くなかったはずだし、廊下もこんなに幅はなかったはずだ。不思議に思いながら二階に上がると、扉の数が減っていることに気づく。自室の前で立ち止まり、辺りを見渡すと……正面の部屋の番号が変わっている。

目の前にあったはずのイクスの部屋が、別の生徒の部屋になっている。

「お帰りなさいませ！」

自室に入ると、パティが元気な声で迎えてくれた。

「ミコト様、寮の施設が拡張されました！」

「拡張？」

「はい。最初の試験で不合格になった方々の部屋が空きましたので、その分の空間を用いて新たな店などができたんです！」

ちなみに私もそのお手伝いをしました！　とパティは胸を張って説明する。

天使たちは寮の外には出られない。生徒が授業を受けている間、天使は何をやっているんだろうと思っていたが、彼らには彼らの仕事があったようだ。

「主な追加施設は、カフェテリア、資料室、トレーニングルーム、ラウンジ、それからお取り寄せカウンターです」

「お取り寄せカウンター？」

それだけ聞き覚えがない。

「お取り寄せカウンターでは、生徒の皆さんが、自分のいた世界の道具を取り寄せることができます。ただし取り寄せられるのは、生前に使用したことのある道具のみです。またその道具の価値によって取り寄せにかかる時間も変わります」

「食べ物も取り寄せられるの？」

「はい！　お寿司《すし》でも、どら焼きでも、取り寄せられますよ！」

どら焼きのチョイスは謎だが、それは少し嬉《うれ》しいかもしれない。

「料金は？　そういえば購買でもお金はいるよね？」

「生徒の皆様には、一ヶ月に一度お金が支給されます。こちらです」

パティは一枚のカードを渡してきた。クレジットカードのようなものだろうか。カードは薄型のスクリーンのようにもなっており、左上に残高と思《おぼ》しき数字が記されている。

「ただし、粛正者《パージ》は全てのサービスを無償で受けることができます。無償で利用したい場合はそのカードの裏面を提示してください」

至れり尽くせりだ。

皮肉なものである。前世では自由に使える金なんて所持したことすらなかったのに、死後の世界では使い放題になるなんて。

カードの表裏を確認して、ポケットに仕舞った。

「取り寄せカウンターについてもう一つ訊《き》きたいんだけど……武器も取り寄せられるの？」

「……可能です」

パティが神妙な面持ちで頷《うなず》くと、ミコトは机に向かい、メモを用意した。

幾つかの品名を書いた後、それをパティに渡す。

「パティ。ここに書いてあるものを、可能な限り用意してほしい」

「……あの、ミコト様。これは一体何に……？」

「粛正者《パージ》の仕事で必要になるかもしれない道具だ」

パティは、緊張した面持ちでメモを受け取った。

第三章

光と闇

The Classroom to
Select God

学園の授業が始まってから、一週間が経過した頃だった。

『――試験が始まります』

真っ白な空から声が響く。

『生徒の皆さんは、速やかに屋上にお集まりください』

この一週間、穏やかだった教室の空気が一気に張り詰めたものへ変わる。

二度目の試験が始まろうとしている。

次は、誰が消えるのか――。

「落ち着いてください」

聖女ルシアのよく通る声が響いた。

「一度目とは違い、今の私たちには仲間がいます。皆で乗り越えていきましょう」

その言葉から、多くの生徒たちが勇気を貰《もら》った。

ルシアを先頭に、一組の生徒たちが屋上へ向かう。

屋上へ続く階段の存在は知っていたが、一番上まで登ると複数の扉があった。扉の上部にはそれぞれ一組用、二組用といった文字が記されており、取《と》り敢《あ》えず皆で一組用の扉を抜ける。

扉の向こうには——青々とした空が広がっていた。

「な、なんだ、これ……!?」

「高い……私たち、雲の上にいるの……？」

冷たい風が髪を荒々しく持ち上げた。

端から地上を見下ろすが、どうやらこの屋上は雲よりも高い位置にあるらしい。……どう考えてもこんな高さまで階段を上っていない。

高度は恐らく二千メートルほどだろう。

当たり前だが、落ちたら即死だ。

（……なんだ、あの橋？）

屋上の中心には、鉄骨のような橋が架けられていた。

橋は百メートルくらい先にある別の建物の屋上と繋《つな》がっている。それ以外に、あの建物に行くための道はなさそうだ。

「試験官のエルギスだ。数学の授業ぶりだな」

長身痩軀《そうく》の男が、屋上に現れて言った。

数学の教師エルギスだ。どうやら今回の試験官を務めるらしい。

「では、ただ今より気高さの試験を始める」

エルギスは授業の時と同じように、淡々と語った。

「試験名は《プライド・ブリッジ》。この試験はクラスごとに行われるため、ここには一組の生徒しかいない」

扉が分かれている時点で察していたが、ここには一組の生徒しかいないようだ。

一組の生徒たちにとっては――好都合。

ルシアのおかげで一組の生徒は団結している。ここには敵がいない。その事実が生徒たちの緊張を幾らか和らげた。

「この試験の合格条件は単純だ。あの橋を最後まで渡りきること。ただし――」

ミコトたちが橋の方を見た直後、どこからか黒々とした巨大な影が飛来してきた。

細長い六本の手足、ブブブと音を立てて揺れる半透明の羽、顔の大部分を占める複眼……。

巨大な蠅《はえ》のような化け物が、橋の周りで大量に蠢《うごめ》いている。

「周囲には無数の魔物がいる。奴《やつ》らに食われないよう気をつけたまえ」

魔物とやらのグロテスクな見た目に、女子生徒が「うっ」と嘔吐《えず》いた。

「禁止事項は、橋を渡っている人物への干渉だ。直接的な手助けは不可能だと思え。これに抵触した者は問答無用で不合格となる。……それと、これは禁止事項ではないが、飛んで向こう側に渡ったところで合格にはならん。あくまで自分の足で橋を渡らなければならない」

空を飛ぶことができる生徒もいるのだろ。どこからか「ちっ」と舌打ちが聞こえた。

「ゴポポ……」

「ん、なんだ？」

水の中で誰かが喋《しゃべ》ったような音が聞こえた。

エルギスの視線は、一組の生徒たちの中にいる、不思議な人影に突き刺さっている。

頭が魚で足がひれ。しかし腕と胴体は人間の、見たこともない生物だった。足がひれなので人魚のように見えなくもないが、頭が魚なので魚人と表現した方がよさそうだ。

陸上では呼吸ができないのか、魚人はヘルメットのような水槽を頭に装着しており、その中で口をパクパクと動かしていた。

そして魚人の足となるひれは、よく見れば微妙に宙に浮いていた。

「ゴポポ……ポゥ……」

「ああ、お前は陸上では浮かないと移動できないのか。なら専用のコースを用意してやる、少し待っていろ」

水槽の中で気泡を出しながら何かを言う魚人。エルギスはその言葉を理解できたらしい。

エルギスが橋の方に手を伸ばす。すると、鉄骨のような橋の隣に、細い水路ができた。

「これでいいか」

「ゴポォ……」

魚人が頷《うなず》く。

そのやり取りを見て、ミコトは気になったことを挙手して尋ねた。

「試験って、先生が作っているんですか？」

「そうだ。教師の仕事は授業だけでなく、試験の作成や採点も含まれる」

言われてみれば確かに、教師の仕事とはそういうものだ。

「……ポレイア先生、趣味が悪いな」

ライオットが小さな声で呟《つぶや》く。

だがその呟《つぶや》きを、エルギスは聞き逃さなかった。

「試験内容を考えているのは私たち教師だが、制度を作ったのは神様だ。……最初の試験では生徒の半数を不合格にすると決められていた。私が担当していても似たような試験を作る」

ポレイアは貧乏くじを引いただけなのだと、暗に言っているのだろう。

人間臭い反応だ。エルギスは今、ポレイアのことを庇《かば》ってみせた。

この学園の教師は、血も涙もないというわけではないらしい。

「制限時間は一時間だ。それと、この試験では死ぬことがない。橋から落下する、或《ある》いは魔物に食われた場合はスタート地点に帰ってくる。何度でもやり直しが可能だ」

エルギスが一通り説明した後、ミコトの脳内で鈴の音が響いた。

リーン、と高い音が頭の中からしばらく聞こえる。

（……なるほど。この音が警報か）

粛正者《パージ》は基本的にどの試験も無条件合格だが、チーム全員で合格しなくてはならないような試験や、今回のように人前で合格しなければならない試験は例外となる。

例外となる場合、粛正者《パージ》には特殊な音で警告がされると手引き書に記されていた。

この音が聞こえたということは――自分も試験に合格しなければならないということだ。

「全員、集合してください」

ルシアがそう言うと、一組の生徒は彼女の傍《そば》に集まった。

「では予定通り、作戦会議をしましょう。ただし制限時間がありますので、迅速に」

そう言ってルシアが皆の顔色を窺《うかが》う。

つられてミコトも集まった人たちの様子を見ると、何人かが青褪《あおざ》めた顔をしていた。

「お、俺、無理だ……高いところ、苦手なんだよ……」

「私も、あんまり得意では……」

あらゆる世界から招かれた英雄にも苦手なものはあるようだ。

とはいえ、雲よりも高い位置で活動する経験なんて滅多にないだろう。高い山を登るとこのくらいの高度には到達するかもしれないが、ここは山と違って足場が限られており、飛行機の胴体よりも遥《はる》かに狭い橋を渡らねばならない。

「やり直せるなら楽勝なんじゃないか？」

一方、余裕そうに言う男子もいる。

「そうね。何度も挑戦するうちに恐怖も薄くなると思うし、対策も立てられるはずよ」

その男子に同意を示す女子生徒もいる。

二人は以前、教室で喧嘩《けんか》していた男女だ。名前はそれぞれオボロ、セシルというらしい。二人はあの後、ルシアが仲立ちすることで和解し、今ではすっかり信頼関係を築いている。

ミコトはオボロの意見に賛成だった。

やり直せるなら、この試験はそんなに難しくない気がする。

「ミコトさんはどう思いますか？」

ルシアがミコトを見て言った。

棚からぼた餅でルシアの信頼を得たせいか、予想外のタイミングで頼られる。……正直、皆の前では目立ちたくないので名指ししないでほしいが、今そんなことを言うと余計に目立ってしまうので黙っておいた。

「今は情報が少ないから、やり直しを前提にして試行回数を増やすというのは僕も賛成だ。勿《もち》論《ろん》、一発で合格するに越したことはないけど」

「任せろ。失敗するにせよ成功するにせよ、情報は手に入れてくる」

オボロは自信満々に言う。

当面の方針が決まったところで、ルシアがこの場の全員を見て口を開いた。

「――全員で、生き残りましょう」

ルシアの瞳に宿る強い意志が、ぶわりと広がって一人一人の心を灯《とも》したような気がした。ただの言葉に過ぎないはずなのに、どうしてか……とてつもなく心強い。

オボロは深呼吸して、ゆっくり橋に足を乗せた。

「流石《さすが》に、高いな」

足元の景色を見て、オボロの額から冷や汗が垂れる。

そのまま橋を進むと、黒い影が飛来した。

「ちっ⁉　来たか……ッ‼」

ギチチチ、と奇妙な声を発しながら魔物が接近する。

オボロは瞬時に剣を抜いた。鞘《さや》から抜いたその剣は薄青色に輝いている。

「くらえッ‼」

オボロが剣を振るうと、水流の斬撃が放たれた。

水は魔物の突進を受け流すだけでなく、その全身を切り裂く刃と化す。飛び散る水滴は弾丸のように魔物の全身を貫いた。

しかし――。

「こ、こいつら、何という生命力だ……ッ⁉」

もはや骸と化したような魔物は、それでも活動を停止せず、オボロに接近した。

「あっ⁉」

セシルが悲鳴を上げる。

オボロが魔物の突進を受け、橋から落下した。

オボロの姿があっという間に遠ざかり、芥子粒《けしつぶ》のようになり、やがて見えなくなる。

しばらくすると、ミコトたちの背後でドサリ、と何かが落ちたような音がした。

そこには落下したはずのオボロがいる。

落下した場合はスタート地点からやり直す。……エルギスが説明した通り、オボロはスタート地点に戻ってきた。

だが、様子がおかしい。

地べたに座り込むオボロは、まるで放心したように固まっていた。

「オボロ、大丈――」

「ぎゃあぁあぁぁああぁぁあぁぁ――ッ⁉」

セシルが声をかけると、オボロが悲鳴を上げる。

尋常ではない様子だ。全身から汗が噴き出し、白目を剝《む》いて、身体《からだ》も痙攣《けいれん》している。

何が起きた？　ミコトたちがそう思った時、エルギスが口を開く。

「死ぬことはないと言ったが、痛みまでないとは言っていない。落下した場合はスタート地点に戻ると同時に、相応の痛みを感じてもらう」

痛みは、そのままあるということか……。

「オボロ、大丈夫⁉　落ち着いて！」

「い、痛い……俺は、生きているのか……ッ!?」

死を錯覚するほどの痛みをオボロは感じていた。

そんなオボロの様子に、他の生徒たちも唇を引き結ぶ。

（……一人目が失敗だったな）

こんなことになるなら、最初の一人は確実に合格する者を選ぶべきだった。

オボロの恐怖はクラスメイトたちに伝播《でんぱ》し、皆、少しずつ橋から遠ざかった。

「……次、行くわ」

セシルが小さな声で言う。

だがその足は震えていた。魔物に襲われなくても足を踏み外してしまいそうなくらい。

それでもセシルは、蹲《うずくま》って震えているオボロを一瞥《いちべつ》し……その瞳に決意を灯《とも》す。

「多分、私も無理だと思うけど……今のオボロを見て分かった。この試験、短期間で何度もやり直せるものじゃない。痛みが引いて、落ち着くまで時間がかかることを考えると、一人二回くらいしかやり直せないわ。……皆も早めに動いた方がいいわよ」

セシルは決して無謀な賭けをしているわけではなく、冷静に現状を分析していた。

痛みが落ち着くまで三十分かかるなら、今この瞬間に挑戦すればギリギリあと二回やり直せる。だがここで手をこまねいていると一度しかやり直せないかもしれない。

セシルは綿密な作戦を練ることよりも、自分自身で何度も経験を積むことを優先した。

橋に足を乗せたセシルは、そのまま一気に駆け抜けようとする。

たかが百メートルだ。本気で駆け抜けるなら数十秒もかからないが——。

「くっ⁉」

走るセシルのもとに、魔物が次々と集まってくる。

よく見れば、奥に進むにつれて魔物の数が多くなっている。セシルはまるで虫の群れに突っ込むように橋を駆け抜けようとしていた。

「落ちるくらいなら——っ‼」

魔物の突進を避けられないと判断したセシルは、跳躍し、魔物の背中に乗った。

上手《うま》い——そう思ったのも束《つか》の間《ま》、セシルは別の魔物の腕に捕まえられる。

「う、嘘《うそ》ッ⁉　いや、離して……ッ⁉」

寄ってきた無数の魔物が、グロテスクな口を開いた。

ギチギチと音を立て、魔物たちはセシルを——。

「きゃあああぁあぁぁあぁあぁぁあああぁあああぁぁあ——っ⁉」

喰った。

肉が千切れ、骨が砕け、血飛沫《ちしぶき》が舞う。

目を背けたくなる光景だ。

しばらくすると、また背後でドサリと音がしてセシルの姿が現れた。

今回は落下死ではなく喰《く》われて死んだ。既に痛みを感じた後なので、復活時の痛みはないようだ。しかしそれでも魔物に喰《く》われたことはトラウマになったのか、セシルは両腕で肩を押さえながらガタガタと震えている。

「……俺も、行くぞ」

「……わ、私も、行かないと」

セシルと同じ考えを持った生徒たちが、一縷《いちる》の望みを信じて次々と橋を渡ろうとする。

ミコトはルシアを見た。何かいい案はないのかと視線で尋ねるが、首を横に振られる。

試行回数が足りない。ルシアも本当は生徒たちを止めたいに違いないが、かといって代案が出せないため止められずにいた。

「ああぁあぁああぁあああぁああぁあぁ――ッ!?」

また一人、生徒が絶望を背負ってスタート地点に帰ってくる。

震える女子生徒を一瞥《いちべつ》して、ミコトは屋上の外を見下ろした。

この高さ……本来なら痛みを感じる間もなく即死だろう。にも拘《かか》わらず痛みを感じるということは、落下死の痛みをそのまま反映していないことになる。

人に恐怖を植え付けるための痛みを、意図的に作っているのだ。

なんて恐ろしい試験を思いつくんだ――。

ミコトはエルギスを睨《にら》む。

「ふぅぅぅぅ――――っ」

その時、ライオットが静かに息を吐き出した。

肺に溜《た》まった全ての酸素を吐き出したライオットは、決意を露《あら》わにする。

「次、やらせてもらってもいいか？」

そう告げるライオットに、ミコトは振り返った。

「ライオット、何か作戦があるの？」

「ねぇよ。でも、ムカついてきた」

ライオットは橋の周りを飛んでいる魔物たちを睨《にら》んだ。

「あいつら、楽しんでやがる」

よく見れば魔物たちの口が歪《いびつ》に弧を描いていた。

待っているのだ。次の獲物が来るのを。そして獲物を甚振《いたぶ》れる楽しい時間を――。

ライオットは橋に近づき、渡る直前にエルギスの方を見た。

「エルギス先生！　質問いいですか⁉」

「なんだ」

「あの魔物、全部ぶっ殺してもいいんすか⁉　俺が橋を渡るためにそうするんなら、手助けにもならないっすよね⁉」

「ああ、問題ない」

エルギスが首を縦に振った瞬間、ライオットは「っしゃあ!!」と裂帛《れつぱく》の気合を発した。

「いくぜ。――【人間賛歌】ッ!!」

ライオットの全身が光輝く。

神聖なオーラのようなものを纏《まと》ったライオットは、無防備に橋を渡り始めた。

魔物たちがライオットに近づく。すると――。

「おらァ――――ッ!!」

ライオットは、一発で魔物を殴り飛ばした。

強烈な衝撃が空気を伝ってミコトたちがいる位置まで届く。

大気がビリビリと振動していた。クラスメイトは全員、開いた口を塞げずにいる。

「くたばれッ!!」

近づいてきた魔物を、ライオットはまたしても殴り殺した。

一撃だ。たった一度の拳で、ライオットは次々と魔物を屠《ほふ》っている。力尽きた魔物は羽を止め、重力に従って落ちていった。

「なに逃げてんだよ――おらァ!!」

もはや自分を襲ってくる魔物だけでなく、逃げていく魔物までライオットは屠《ほふ》っていた。その背中に乗り、頭蓋を叩《たた》き潰してから、再び橋に飛び移る。

魔物と橋、二つの間をひたすら跳び移りながらライオットは魔物を殲滅《せんめつ》していった。破壊力もさることながら、身体能力も異常だ。反応速度、敏捷性《びんしょうせい》、共に尋常ではない。

数え切れないほどいた魔物が、あっという間に姿を減らしていく。

ミコトは隣に立つウォーカーを見た。

ウォーカーは真剣に……まるで実験を見守る研究者のように探究心を露《あら》わにして、ライオットの戦いぶりを観察している。

「凄《すさ》まじい威力だが……恐らく、何かしらのルールに縛られているな」

「そうなの？」

「ライオットの性格だ。あんな力があるなら最初から使っていただろう」

確かに。

正義感の強いライオットのことだ。本来なら一人目のオボロが失敗した時点で、「じゃあ俺が魔物を殲滅《せんめつ》するわ」とか言いそうである。

そうしなかったということは……何らかのルール《しがらみ》があるに違いない。

「しかし、ルール。……そうか、ルールか」

ウォーカーは目の前の光景から何かヒントを得たのか、思考の海に潜る。

やがてライオットは全ての魔物を倒し、橋を最後まで渡りきった。

一人目の合格者が出た瞬間だ。

「よっしゃ――――っ!!　これで全員、合格できるぞ――――っ!!」

おぉ、と生徒たちの口から声が漏れる。

だが次の瞬間、またどこからかあの黒々とした蠅《はえ》のような魔物が飛んで来た。

「魔物が復活しないとは言っていない。魔物の数は毎回リセットされる仕組みだ」

「ふざっっっっけんなぁあぁあぁあぁあぁ――ッ!!」

橋の向こう側でライオットが激怒した。

「いや、ライオット！　お前のおかげでいい案が浮かんだぞ！」

ウォーカーが大きな声で、橋の向こう側にいるライオットへ告げる。

不思議そうにするライオットに背を向け、ウォーカーは生徒たちの方を見た。

「全員聞いてくれ」

生徒たちがウォーカーの周りに集まる。

「さっきライオットが橋を渡った時、魔物の動きが妙じゃなかったか？」

「……そういえば、俺が渡った時と違って、あまり襲いかかってこなかったな」

混乱から回復したオボロが言う。だがその顔はまだ青褪《あおざ》めており、全快とは言い難《がた》い。やり直しによる精神的な摩耗は軽く見てはならないだろう。

「恐らくあの魔物は、俺たちの恐怖心に反応している」

「恐怖心……？」

「ああ。だから俺たちが恐怖さえ抱かなければ、襲ってこないはずだ」

そう言ってウォーカーは、エルギスを見た。

「エルギス先生。この場で道具を全員に配付することは、禁止事項に抵触しますか？」

「配るだけなら問題ないし、この屋上でならそれを使ってもいい。だが橋を渡っている時にお前の道具を使用したら、その瞬間お前が橋を渡っている者に干渉したとみなす」

「なるほど。……なら申し訳ないが、これは俺だけが使わせてもらおう」

ウォーカーは右手を突き出した。

「――【クラフトチェンバー】」

よく分からない単語をウォーカーが口にすると、その掌《てのひら》の先に、巨大なルービックキューブのような物体が出現した。

幾つかのブロックが淡く輝いたかと思えば、その下に道具が現れる。

耳栓、目隠し、鉤爪《かぎづめ》のついたロープ、杖《つえ》……ウォーカーはこれらを手に取り、橋に向かう。

「今から俺が、先程説明した魔物のルールを証明する。上手《うま》くいけば後に続いてくれ」

ウォーカーはまず、ロープを橋に結びつけた。命綱にするようだ。

次に目隠しと耳栓をして、杖《つえ》で足場を一歩一歩確認しながら歩き出す。

ゆっくり、しかし確実にウォーカーは橋を渡った。

「危ないっ‼」

オボロが叫ぶ。

魔物がウォーカーに接近した。目隠しと耳栓をしているウォーカーは気づかない。

だが、魔物はウォーカーに触れる直前――急旋回してどこかへ飛んでいった。

「……襲われない？」

目の前の光景を見て、セシルが驚いた様子で呟《つぶや》く。

何度も何度も、魔物はウォーカーに近づいていた。しかし毎回、紙一重のところで翻《ひるがえ》して離れていく。今までと違って魔物がウォーカーの身体《からだ》に触れることはない。

（……そういうことか）

目の前の現象を、ミコトは理解した。

（あの魔物は、最初から襲っているフリだけしていたのか。そして相手が恐怖心を抱けば、本当に襲いかかると……）

自分より弱い相手だけ攻撃する習性があるのだろう。近づいて、威圧して、それで恐れる相手のみを獲物と定めている。逆にライオットのように恐怖するどころか立ち向かってくるような相手からは逃げる。

やがてウォーカーも橋を渡りきる。

「恐れなければいいのか。それなら、俺も目隠しをして……」

ライオットとウォーカー、二人の尽力が絶望を切り拓《ひら》いてくれた。

恐怖に震えていた生徒たちが、希望を見出《みいだ》す。

「――よしッ!!」

脱いだ制服を目隠しにした男子が、一気に橋を駆け抜けて合格した。ウォーカーと違って命綱も杖《つえ》も使っていないが、何か特殊な能力を発揮したのかもしれない。

「私も、工夫すれば似たようなことを……」

「忘れろ……恐怖を忘れろ……」

ブツブツと呪文のようなものを唱える女子生徒。指で額を軽く突く男子生徒。

各々《おのおの》が、自分のやり方で橋を渡り始める。

（……光明が見えてきたな）

しかし、だからこそ――陰りも生まれる。

「えっ!?」

橋を渡っている男子生徒が、途中で落下した。

魔物に攻撃されたわけではない。まるで、何かに突き落とされたかのような――。

「だ、大丈夫か？　何があった？」

「分からない……気づいたら、ここに…………ぐう……ッ!?」

落下した男子生徒にクラスメイトたちは何があったのか尋ねる。しかし男子生徒は激痛で記憶が飛んだのか、記憶が朧気《おぼろげ》だった。

奇妙な違和感と共に、今度は女子生徒が橋を渡ろうとするが――。

「きゃあっ⁉」

また、同じ地点で落下した。

今回も魔物の仕業ではない。

「お、おい、どういうことだよ……？」

「まだ何かあるわけ……っ⁉」

光明が見えた矢先の、立て続けの失敗。

生徒たちが青褪《あおざ》めた顔をする中――ミコトは冷静に、橋の上を見た。

今の二人は、これまでとは全く違う落ち方をしていた。ライオットやウォーカーたちが橋を渡った際は、あのような現象は起きていない。

二人とも、唐突に突き飛ばされたように橋から落下していたが、一人目と二人目では落下した方向が違う。このことから自然発生した強風という線は考えにくい。

エルギスは何も言わない。ただ、じっと橋の中央を見つめていた。

ミコトは確信する。

――――不正だ。

何者かが、橋を渡ろうとする生徒を妨害している。

「つ、次は誰が行く……？」

様子を見ていたクラスメイトの一人が、緊張した面持ちで訊《き》いた。しかし唐突に訪れたあの不可思議な現象を見て、手を挙げる者は誰もいない。

まるで振り出しに戻ったかのような空気の中で、ミコトは静かに手を挙げた。

「僕が行くよ」

そう言って橋に近づこうとすると、ルシアがやって来た。

「ミコトさん……大丈夫ですか？」

「問題ない」

心配そうなルシアを見て、仄《ほの》かに後ろ暗い気持ちを抱く。

陰鬱とした空気を変えるために、勇気を振り絞って挙手したと思っているのだろうか。或《ある》いは凄惨な現実を処理しきれなくなって自棄《やけ》になったのではと危惧しているのだろうか。

実際のところはそのどちらでもない。

違反者が出たということは——点数を稼ぐチャンスだ。

このクラスに自分以外の粛正者《パージ》がいる可能性は否定できない。となれば、違反者の処理は早い者勝ちだ。……自分はただ、極めて利己的な理由で手を挙げたにすぎない。

橋の前で、ミコトは静かに深呼吸した。

取《と》り敢《あ》えず、試験に合格するだけなら問題ない。

感情のコントロールは初歩中の初歩。そう組織で教わった。

頭の中にある無数のスイッチをイメージする。悲しみ、怒り、後悔……その先にある恐怖と記されたスイッチをオフにした。

心が凪《なぎ》のように静まる。

自己暗示で恐怖を消したミコトは、ゆっくり橋を進んだ。

すると、醜悪な魔物が飛来する。

（これが魔物か……）

ウォーカーが証明した通り、恐怖心がなければ襲いかかってこない。

ミコトは立ち止まって、魔物を至近距離で眺めた。ギチギチと嫌な音を立てる口に、大きな複眼。毛むくじゃらの体軀《たいく》。グロテスクな見た目だが……手足には刃が通る関節があり、首の質感も見たところそんなに硬くはなさそうなので多分ねじ切れる。

（……殺せるな）

そう思った瞬間、周りにいる魔物たちが一斉に離れていった。

蜘蛛《くも》の子を散らすように去って行く魔物を見て、ミコトは少し驚く。

（殺意を感じたら逃げるのか。……そういえばライオットの時も逃げた個体が多かったな）

橋の中心に来たが、魔物たちはもう襲ってこないようだ。

さて――問題はここから。

この辺りで、二人のクラスメイトが続けて橋から落下している。

ここに必ず何かがあるはずだ。

そう思っていたが、全身で感じるこの気配は――――。

「――誰だ」

何かがあると思っていたが――。

どうやら、誰かがいたようだ。……気配には敏感な方なんだ」

「今更、息を潜めても遅い。……気配には敏感な方なんだ」

真《ま》っ直《す》ぐ正面を睨《にら》んで言う。

付け加えるなら、目の前にいる何者かの存在に気づけたのは、魔物たちが一斉に飛び去ったからだった。この人物にとっても、先程の魔物たちの動きは予想外だったのだろう。前方から微《かす》かに息を呑《の》む気配がしたのだ。

光学迷彩か、或《ある》いは超常の力か。

何らかの手段で、この違反者は姿を消しているようだが――。

「――っ」

顔面に迫る何かを避ける。

攻撃してきた。……なりふり構わなくなったようだ。

(……特定は難しいな)

ちっ、と思わず舌打ちする。

今、対峙《たいじ》している違反者の正体は間違いなく一組の生徒だ。そして本人が姿を透明にしている以上、この場で姿を確認できないクラスメイトこそが消去法で犯人であると断定できる。

だが……橋の向こう側がよく見えない。

空に浮かぶ雲が邪魔している。誰がそこにいて、誰がそこにいないのか確認できない。

これでは誰が犯人なのか特定できない。

（……手早く済ませるか）

不利な状況で、利益も少ない。この戦闘を迅速に終わらせることを最優先事項とする。

微《かす》かに重心を右に傾けた。すると、左側から何かが迫ってくるような圧力を感じる。

先程の二人の生徒と同じように、橋から突き落とす気なのだろう。文字通り、ライバルを蹴落としているわけだ。

だが、ミコトは静かに笑う。

敵の動きが見えないなら――誘導すればいい。

「が……ッ⁉」

透明人間が悲鳴を上げた。

感触からして腕……透明人間はこちらを腕で突き飛ばそうとしたようだが、ミコトはその腕を摑《つか》んで外側へ捻《ひね》ってみせた。

悟られない程度に重心を右にズラすことで、左半身への攻撃を誘ったのだ。この狭い橋の上で肉弾戦を行う以上、相手は無意識に体勢を崩さないよう注意して攻撃を仕掛けてくる。その無意識を利用した。

即座に追撃を試みるが、ダン！　という大きな足音と共に、透明人間の気配が消える。

（………逃げたか）

だが逃げた方向は分かった。

橋の向こう側だ。透明人間の正体は、既に橋を渡ったクラスメイトの中にいる。

全ての脅威が去った橋を、最後まで渡りきった。

橋を渡った先にはパイプ椅子が置かれており、合格者たちがそこに座っている。

「ミコト、無事だったか。橋の上で妙な動きをしていたが……」

「ああ、えっと……何かがいるような気がして。でも気のせいだったみたいだ」

適当に言い訳しながら、ウォーカーの隣の席に腰を下ろす。できるだけ人と戦っているように見えないよう意識して交戦したが、その努力が実を結び多少の違和感で済んだらしい。

頭の中で、透明人間の正体について考える。

（どうする……？）

聞くか？

ついさっきまで、この場から離れた人間がいなかったか――と。

（……今ではないな）

取《と》り敢《あ》えず試験をさっさと終わらせて、これ以上の不確定要素が生じないようにしたい。

少なくともこの試験中は、透明人間はもう行動を起こさないだろう。後はウォーカーが皆に伝えた通り、恐怖心を克服すれば誰でも橋は渡れるはずだ。

透明人間の目的は、シンプルにライバルを減らすことだろう。試験官に不正がバレるリスクはあるが、数人の生徒を橋から突き落とすだけで、残る生徒全員に恐怖感を植え付けることができる。試験の特徴を活《い》かした効果的な作戦だ。

「しかし、ミコトは胆力があるんだな。途中、魔物と睨《にら》み合《あ》った時は危ないと思ったぞ」

静かに一息つくと、ウォーカーが話しかけてくる。

「僕のいた世界には魔物なんていなかったから、ちょっと新鮮で」

「新鮮って……ミコトは思ったよりも大物だな」

ウォーカーが微《かす》かに動揺しつつ苦笑する。

(スイッチ戻すの忘れてた)

うっかり本音で答えてしまった。

すぐに頭の中にある恐怖のスイッチをオンにする。

粛正者《パージ》という立場の都合上、できるだけ自分のことは無個性で頼りない人間として周りに見てもらいたかった。その方がいざという時、相手に油断されやすい。

「俺がちゃんと殲滅《せんめつ》できれば、もっと皆に楽をさせてやれたんだけどな」

ウォーカーの奥に座っているライオットが、悔しそうに言った。

「ライオットにも充分助けられたよ。あれがなかったらウォーカーも作戦を立てられなかったんじゃないかな」

「そうかもしれねぇけど……なんか悔しいなぁ」

不服そうなライオット。

ふと、ミコトはライオットに対して抱いていた疑問を思い出す。

「ライオットはどうして、最初から魔物を倒さなかったの？」

「ああ、ウォーカーにも説明したんだけど、まず俺の使った【人間賛歌】って能力は、人間以外の相手に巨大な力を振るえるようになるって効果なんだ。ただし発動には条件があって、朝と夜に一回ずつしか使えない」

「……なるほど」

「最初は、この能力を使っても魔物を倒せるか分からなかったから温存してたんだ。誰かが弱点を見抜いてくれたら、その時は使おう……みたいに考えてたけど、魔物が楽しそうにしているのを見て我慢できなくなった。……今思えば偶々《たまたま》上手《うま》くいっただけで軽率だったな」

ライオットが反省の色を示す。

遅かれ早かれ、ライオットはあの能力を使う予定だったみたいだ。

「ウォーカーも何か使っていたよね。あれはどういう効果なの？」

「【クラフトチェンバー】のことか。あれはシンプルにものを作るだけの能力だ。耳栓から巨大兵器まで、大抵のものは作れる」

「へぇ……便利な能力だね」

「いや、不便も多いぞ。事前に素材を入れる必要があり、複雑な道具は設計図がなければ作れないからな。あまり燃費もよくないし、正直万能とは言い難《がた》い能力だ。……何より、生前の設計図が失われてしまったからな」

ウォーカーは生前、遺物という危険な道具を研究しており、封印の専門家と呼ばれていたと言っていた。生前はどんな道具を作っていたのか見当も付かない。

『橋はもう安全みたいですね』

その時、美しい少女の声が聞こえた。

「今の……ルシアの声？」

「ミコト、ここだ。この変な箱から、あっちの屋上の話し声が聞こえるんだよ」

ライオットが立ち上がり、足元にある灰色の箱を持ち上げて言った。

スピーカーだ。どうやら合格者たちが集まるこの空間は、観客席としての設備が整えられているらしい。

『あとは、ここにいる三人だけでしょうか？』

ルシアが問いかける。

『そう、だな……』

『私たちだけです……』

最後に残った三人は、ルシアと、試験開始直後に高所恐怖症を訴えた男女だった。ちなみに頭に水槽をかぶるあの魚人は、ミコトが合格した後で悠々自適に細い水路を泳ぎ切り、あっさり合格した。今はミコトの前の席に座っている。

『ル、ルシアさん、行ってください。……私たちは、大丈夫ですから』

『……分かりました』

女子生徒の願いを聞いて、ルシアは橋を渡り始めた。

ルシアは普通に橋を渡っていた。目隠しもしておらず、何か変わった能力を使ったようにも見えない。ミコトのような自己暗示でもしているのか……当たり前のように橋を進む。

「すげぇな、素で全く怖がってねぇのかな」

「ああ……伊達《だて》に神様から羽を受け取ったわけじゃなさそうだ」

今更、これが気高さの試験であることを思い出す。

聖女ルシアは、肝っ玉が縮み上がるほどの高さにも、巨大で醜悪な魔物にも、一切動じることなく前だけを見ていた。

その姿からは――誰にも侵すことができない神聖な気高さを感じる。

やがてルシアは、あと数歩で橋を渡りきるといった位置で足を止めた。

「ルシア？」

「ミコトさん……」

急に足を止めるルシアにミコトは首を傾《かし》げた。背後を振り返り……ゆっくり目を閉じる。

神妙な面持ちでミコトを見たルシアは、やがて考えがまとまったのか目を開いた。

「……やはり、置いていけませんね」

「え？」

ルシアの身体《からだ》が……ゆらり、と揺れる。

「おい、まさか――っ!!」

「嘘《うそ》だろ――ッ!?」

ウォーカーとライオットも、目を見開いて驚いた。

ミコトは立ち上がって、咄嗟《とっさ》にルシアの手を引こうとする。

だがそれよりも早く――――ルシアは自ら橋から飛び降りた。

銀色の髪を激しく揺らしながら、ルシアは物凄《ものすご》い速度で落下していく。やがてその姿が見えなくなったと同時に、スピーカーからドサリと音が聞こえた。

遥《はる》か遠くで、床に倒れていたルシアがゆっくりと身体《からだ》を起こす。

呆然《ぼうぜん》とする二人の男女に向かって、ルシアは痛みなんて感じていないかのように近づいた。

『――さあ、一緒に合格しましょう』

聖女の名に相応《ふさわ》しい──本物の気高さが、そこにあった。

◆

その後、ルシアは三回落下した。

やっぱり行けない、ルシアさんだけ先に行って──で二回目。

ルシアさんが先に合格してくれた方が俺たちも気が楽になるから──で三回目。

三回目でルシアは、あと一歩で合格という地点まで橋を進んだ。しかしそこで棒立ちになって二人が来るのをずっと待っていた。

残り五分だ。──エルギスがそう告げた瞬間、ルシアは三度目の落下を決意した。

だが、その度重なるルシアの行いを見て、二人の生徒たちは覚悟を決めた。

『俺、行くよ。……これ以上、ルシアさんに苦しんでほしくない』

残された男子がそう言って橋を渡り、女子の方もその後に続いた。

(自信ではなく、後ろめたさで吹っ切れたか……)

橋を渡りきった二人の男女を見て、ミコトは思う。

彼らは恐怖を克服したわけではない。ただ、これ以上ルシアを傷つけるのはあまりにも申し訳ないという罪悪感で吹っ切れたのだ。

まさか、そんなやり方で仲間に試験を合格させるとは……。

（……これはもう、人心掌握とかそういう領域じゃないな）

善意を恐ろしいと感じたのは、生まれて初めてだ。

最後にルシアが、今度こそ橋を渡りきる。

「全員合格だ‼」

「一時はどうなるかと思ったが……なんとかなるものだな」

ライオットとウォーカーが嬉《うれ》しそうに言う。

皆で全員合格という結果を喜んでいると、エルギスがのんびり橋を渡ってきた。

この試験を作った張本人である試験官だし、当たり前と言えば当たり前だが……エルギスは橋の高さや魔物たちに微塵《みじん》も恐怖を抱くことなく、平然とした様子でこちらまで来る。

あっさり橋を渡りきったエルギスは、集まった一組の生徒たちを見て、

「試験終了だ。……まさか全員合格するとはな」

エルギスが、パチンと指を鳴らす。

するとミコトたちがいる方の屋上に扉が出現した。

「その扉から校舎に戻ることができる。……試験があった日は、それ以降の授業はなしだ。長い放課後をどう使うかは自由だが、明日に疲労は持ち越さんようにな」

「エルギス先生って、怖いのか優しいのかよく分かんないっすね」

「元よりお前たちは神様候補という偉大な存在だ。最初からお前たちには敬意を払っている」

真面目で堅物な印象があるエルギスから、まさかそんなことを言われるなんて誰も思っていなかった。日頃とのギャップもあり、生徒たちはなんとなく嬉《うれ》しそうにする。

「皆さん、お疲れ様でした。折角ですし、これからラウンジでお祝いをしませんか？」

「いいね！　賛成だ！」

ルシアの提案に、ライオットを含む色んな生徒たちが賛成する。

一組の生徒たちは次々と扉から校舎に戻り、寮にあるラウンジへ向かった。

階段を下りる途中、ルシアがライオットとウォーカーに近づく。

「ライオットさん、ウォーカーさん。今回の試験は、お二人のおかげで上手《うま》くいきました。ありがとうございます」

「いや、俺たちだけではない。一組の生徒全員のおかげだ」

ウォーカーが首を横に振る。

「彼らがリスクを背負って橋を渡ってくれたおかげで、ライオットは決意できたし、俺は攻略法を分析できたんだ。そういう意味では、これだけの人数を瞬《またた》く間に団結させてみせたルシアこそが最大の功労者だろう」

「俺もウォーカーと全く同じ気持ちだぜ」

もし、ルシアが一組をまとめていなかったら——そんな可能性の世界を想像する。

まず、全員が互いに警戒心を抱いたまま試験に臨むことになる。すると誰もが能力を出し惜しみするだろう。ライオットやウォーカーの行動も変わったに違いない。

あの手この手で他人に橋を渡らせようとする輩《やから》も現れるはずだ。それが抗争に発展し、最悪試験とは関係のないところで誰かが命を落としていたかもしれない。

「……ありがとうございます」

二人の言葉に、ルシアは頭を下げた。

「ルシア。僕たちの今後の活動方針については考えているのか？」

「はい。ラウンジで発表しようと思っていましたが、これからは他のクラスの生徒たちにも声をかけてみようと思います」

つまり仲間を更に増やしたいわけだ。

「最終的には、この学園の全生徒と団結したいと思っています」

それは流石《さすが》に無理だろう……と断言できないことがルシアの凄《すご》いところである。

方針を聞いたところで、ミコトはキョロキョロと周りを見た。

「ちょっとトイレに行ってくる」

そう言ってミコトは一組の生徒たちから距離を取る。

階段を下り、静かな廊下に出た。

少し辺りをうろつくフリをした後、その場で立ち止まり、待機する。

来るはずだ。予想だと、そろそろ……。

——来た。

「さっきぶりだね」

「っ⁉」

正面の空間が、微《かす》かに揺らめいた。

隠しようのない驚愕《きょうがく》の反応。

目の前に、透明人間がいた。

「気配には敏感な方だって言っただろ。嘘《うそ》だと思ったのか？」

本気で集中すれば、まばたきの動きすら感知できる自信がある。

特に、ここは魔物たちが犇《ひし》めく橋の上ではなく、試験終わりで生徒たちが校舎から出て行った後の静かな廊下だ。足音、息遣い、衣擦《きぬず》れの音……集中したミコトの聴覚なら、幾らでも手掛かりを拾える。

泳がせたらすぐに来ると思っていたが、予想通りだった。

——探られる前に、口封じに来たのだ。

クラスメイトたちに透明人間のことを吹聴され、徒党を組まれるという最悪の事態を避けるための行動だろう。逆の立場ならミコトも同じことをする。

もっとも、自分が透明人間ならこんなヘマしないが……。

そんなに優れた力を持っていて、標的を仕留め損なうなんて有り得ないことだ。

「まだ動かない方がいい。階段から二人下りてきているから」

人差し指を唇の前で立て、透明人間を制止する。

廊下の奥から、階段を下りる二人の生徒の話し声が聞こえた。

「試験、なんとか生き残ったわね」

「そうね。次もお互い頑張りましょう」

仲睦《むつ》まじい様子の女子生徒たちの声だった。

他の生徒たちと同じように校舎の外へ向かっているのか、彼女たちはそのまま更に階段を下りて、一つ下の階へと移動し――。

――――今。

二人の女子生徒が廊下を通り過ぎた瞬間、前方から殺気を感じた。

透明人間の姿は全く見えない。これが光学迷彩だとしたらかなりの技術力だ。九死に一生を得るような訓練で気配を断つ術を身につけた自分にとっては、悪い冗談である。

もっとも――そうした過酷な訓練のおかげで、この透明人間には勝てるわけだが。

「な――ッ⁉」

悲鳴が聞こえると同時に、足元で誰かの倒れる音がした。

空間が揺らめき、透明人間の姿が露《あら》わになる。中肉中背の目立たない男子生徒だった。透明人間なんかにならなくても、影の薄さで印象に残りにくそうな人間だ。

男は見開いた目で、自らの足首を見た。

足首が薄皮一枚切れている。

ミコトが仕掛けた鋼糸に、足を引っかけて転倒したのだ。

「目には目を」

背中からナイフを抜きながら、男の背に足を乗せた。

「歯には歯を」

ナイフの切っ先を男の首に向ける。

「見えないものには、見えないものだ」

「ま、待――っ」

素早く首を斬り、男を殺す。

慣れた動作だった。顎や喉仏から骨格の形を見抜き、軟骨に刃を通すことで最小限の力で首を断つ。殺しに膂力《りょりょく》なんていらない。知識と経験、そしてセンスがあれば簡単に遂行できる。

霞《かす》みになって消えていく男子生徒を見ながら、ミコトは「便利だな」と思った。

証拠隠滅をする必要がない。首の切断はもっとも効率的な殺しの証明だが、証拠隠滅まで考えると飛び散った血を清掃しなければならず、非効率的になってしまうのだ。しかしこの学園ならそれを気にする必要がなさそうだ。

今、消えたのはクラスメイトの男子だった。

クラスメイトの顔は全員覚えている。目、鼻、口など各パーツの特徴を数字に置き換えることで、人の顔立ちを数字の羅列で暗記するのだ。これも組織に教わった暗記術だ。

顔見知りを殺したことに、抵抗を感じたわけではない。

胸の内側で心を刺してくるものの正体は、あの少女の発言だ。

『──全員で、生き残りましょう』

聖女ルシアにぶつけられた、純粋な言葉。

思うところがないと言えば嘘《うそ》になる。

（……試験は全員生き残ったんだ。文句はないだろう）

誰かに言い訳するように心の中で呟《つぶや》いたミコトは、手首を見る。点数《スコア》は153から487に変化していた。先程の男子はイクスよりも点が高かったらしい。

校舎の一階に下り、保健室の扉を開けた。

「やあ、君か」

保健医、そして粛正者《パージ》の協力者でもあるキリエが椅子を回して振り返る。

「集会への参加は自由だが、君は毎回参加する予定なのかな？」

「はい。情報が欲しいので」

「慎重だね。まあ君の立場なら仕方ないか」

どうやらキリエも、ミコトが他の生徒と比べて超常の力を持っていないことを知っているらしい。この不利な立場を覆《くつがえ》すためには慎重に情報を集める必要がある。

「今回は怪我《けが》をしていないみたいだね。粛正はなかったのかな?」

「いえ、さっきしました」

「それはよかった。また一歩、願いに近づいたじゃないか」

別に不自然でもなんでもない、当《あ》たり障《さわ》りのない会話のはずだった。

なのに、思わず歯軋《はぎし》りする。──それはよかった。人を殺しておいて、そう評価される己の境遇に、自ら腸《はらわた》を引っこ抜いて暴れ回りたい気分になる。

そんなミコトを見て、キリエは小さく吐息を零《こぼ》した。

「お節介だとは思うがね、早く芯を作りたまえ。折角、君は類を見ないほど研ぎ澄まされた技術を持っているんだから、それが鈍ってしまうのはあまりにも勿体《もったい》ないよ」

無遠慮なその発言に、ミコトは眉を顰《ひそ》めた。

「知ったような口を……」

「私にもちょっとした能力があってね。他人の能力を数値化して測ることができるんだ」

キリエの視線は真《ま》っ直《す》ぐミコトを貫いた。

「君は素晴らしいよ。超常の力こそないが、殺人に関する能力だけは、粛正者《パージ》を含む他のどの生徒よりも優れている。……まるで神様が、人を殺すためだけに生み出した機械のようだ。その完成度は芸術品の如《ごと》く美しい」

惚《ほ》れ惚《ぼ》れした様子でキリエは告げた。

「君の師は、本当に素晴らしい人だったんだろうね。……だが、どうやら心だけは鍛え忘れてしまったらしい。おかげで君は今、迷える子羊のように縮こまっている」

「……違う。師匠は心も鍛えてくれた。だからこそ迷うことができている」

かつては迷うことなくこの手で人を殺してきた。

それを、師匠が——あの人が、迷うべきなんだと教えてくれた。

ミコトにとって、迷いは価値ある感情だ。

「答えに辿《たど》り着《つ》かない迷いなど、何の価値もないよ」

キリエの発言は、不思議なことにミコトの心の奥深くに突き刺さった。

どうしてか、この女性の発言からは無視できない含蓄を感じる。迂闊《うかつ》に否定すれば、それがいつか自分の首を絞めるような気がした。

「ハヅキミコト。君は何のために今を生きているんだい？」

その問いの答えを考えながら、ミコトは一番奥の簡易ベッドに近づいた。

ぐにゃりと空間が歪《ゆが》み、浮遊感を覚える。

（僕は、何のために……）

問いの意図はよく分かっていた。

どうしても生き返らせたい人がいる。生前、組織の中でも浮いていた自分に、仕事に必要な殺しと生存の技術を叩《たた》き込んでくれた師匠だ。あの人を生き返らせるためにも、この学園では多くの生徒を粛正しなくてはならない。

しかし一方で、師匠から授かった言葉があった。——せめて心だけは正しく在る。その言葉に背きたくないと思った結果、ただ単に人を殺せばいいとは思えなくなった。

(誰のために、ここにいる……)

イクスや先程の男子を殺したことに後悔はない。願いを叶《かな》えるためには仕方ないことだ。だが、もし彼らが違反者になることを未然に防げるとしたら? ……多分、自分は止めようとするだろう。

この矛盾が、精神を蝕《むしば》んでいる。

円卓の部屋に転移したミコトは、微《かす》かな苛立《いらだ》ちを抑えながら適当な椅子に腰かけた。

「では、集会を始める」

ミコトの後に数人がやって来て席に座ると、アイゼンが言った。

人数は十一人。前回と比べて二人欠けている。童貞を捨てるとかよく分からないことを言っていたあの巨漢の男はいないようだった。

「今回の試験で三人の粛正者《パージ》が違反者を粛正した。……試験は回を重ねるごとに厳しいものになる。違反者の数も徐々に増えていくだろう。引き続き仕事をこなすように」

今回は自分以外にも二人の粛正者《パージ》が違反者を処理したらしい。

彼らはどんな気持ちで人を殺しているのだろうか。この部屋にいる間は粛正者《パージ》の顔が隠されているため、その様子を確かめることはできない。

「では、ここからは以前話した通り、貴様らが好きに回せ」

アイゼンがそう言うと、ミコトの正面に座る八番の少女が立ち上がった。

「皆！　一つ提案があるんだけどさ。お互いにクラスだけ公開しない？」

八番の提案に、彼女の隣に座る二番の少年が首を傾《かし》げた。

「取《と》り敢《あ》えず、狙いはなんだよ」

「お互いの狩り場を決めといた方が効率的かなって」

八番の少女は続けて説明する。

「アタシたちって別に敵じゃないでしょ？　だって、アタシたちには表の生徒と違って、全員が願いを叶《かな》えるというルートがある。だから協力できると思うの」

一理ある提案だった。

だが一理あるだけで、最適かどうかは個人次第である。

「反対です」

七番の少女が、冷淡に告げた。

「私は、自分の願いを後回しにしてまで誰かと協力する気はありません」

「俺も全く同じ意見。反対だ」

感情豊かそうな二番の少年も反対の意思を示す。

「賛成の人はいないの？」

八番の少女はぐるりと室内を見渡したが、誰も賛成の声は上げなかった。

ミコトも先程焦《あせ》ったばかりだ。獲物をやすやすと見逃す気はない。

「う〜ん……いい案だと思ったんだけどなぁ」

八番の少女は残念そうに呟《つぶや》き、

「じゃあ、話を変えよっか！　今回の試験、皆のクラスはどうだった⁉」

あっさりと調子を取り戻し、そう言った。

「……」

「……」

「……」

「なんで誰も言わないの！」

全員沈黙していると、八番の少女が怒鳴り声を上げる。

無理もない。話を変えようと言っていたが、実際は全く変わっていないのだから。自分のクラスのことを話すと、クラスを特定されかねない。

とはいえこの八番の少女……そこまで考えていない可能性もある。

粛正者《パージ》といえど、その性格はバラバラらしい。ミコトは徹底的な慎重派だが、八番は恐らく楽観的で友好的なタイプなのだろう。

「私のクラスは、何人か死んだわ」

今まで一度も喋《しゃべ》ったことのない少女が告げた。数字は六番だ。

自分も喋《しゃべ》るべきだろうか？　下手に黙り続けていると、それはそれで悪目立ちする。

「僕のクラスも似たようなものだったよ」

詳細を語る必要はない。

適当に発言すると、八番の少女は「へ～」と興味深そうに相槌《あいづち》を打った。

「そういえば、全員が合格したクラスがあるって聞いたぞ。確か五組だったか？」

二番の少年が言う。

すると、隣に座っている十二番の少女が反応した。その少女は慌てた様子で手元の小さなメモ帳を開き、中を確認している。

「あ、あの……私は、一組が全員合格したって聞きましたけど……」

メモ帳を確認するほどの情報だったか？　という疑問が生まれたが、それよりも二人の会話内容が気になる。

ミコトが所属する一組は、確かに全員が合格した。しかしその情報が外部に漏れるにしては早すぎる。

誰かが積極的に、他クラスの情報を集めているのだ。

粛正者《パージ》だけではない。色んな生徒が、己の目的のために動き出している。

「全員合格のクラスが二つもあるってことか？　……どうやったんだよ。あの試験、そんなに簡単なものじゃなかっただろ」

「えっと、一組は聖女と呼ばれている方が、皆をまとめているみたいです。それで上手《うま》く進められたんじゃないでしょうか」

取《と》り敢《あ》えずこの二人は一組と五組にはいなさそうだな、と冷静に分析しつつ、ミコトは無言で話を聞き続ける。

一組はそもそも団結していることを秘匿していない。だからクラスの中心に聖女ルシアがいることも、ちょっと調べれば分かることだろう。

「同じことをしてるのかもね」

話を聞いていた八番の少女が告げる。

「五組にもいるんじゃない？　一組の聖女みたいに、皆をまとめられるような器の人が」

◆

集会が終わった後、ミコトはすぐにラウンジへ向かった。

粛正者《パージ》の集会が行われる円卓の間は、たった一つのドアだけが出入り口になっているが、このドアは一度に一人しか入ることができない。入った人はランダムな位置へ転送され、誰にもバレずに校舎に戻れる仕組みになっている。

ミコトは保健室から円卓の間に入ったが、出口は校舎二階にある男子トイレの個室だった。

そういえば、トイレに行くと言ってルシアたちと別れたんだった、と思いつつ、寮の中にあるラウンジへのんびり向かう。

ラウンジに近づくと騒々しい声が聞こえた。

祝勝会で皆、盛り上がっているのかと思ったが…………どうやら違うようだ。

（……喧嘩《けんか》している？）

口論するような声が聞こえる。

ラウンジに着くと、そこには一組の生徒だけでなく他クラスの生徒もいた。比率は半々といったところだろうか。

ラウンジの中心では、二人の女子生徒が対峙《たいじ》している。

一人は銀髪の少女――聖女ルシア。

もう一人は見たことのない金髪碧眼《へきがん》の少女だ。

二人は何やら言い争っている。

「ミコト、帰ってきたか」

ウォーカーがこちらの存在に気づいた。

「何が起きてるの？」

「ルシアの今後の方針については聞いただろう？　これからは他のクラスからも仲間を募集すると。……ラウンジに向かう途中で他クラスの生徒を見かけたから、ルシアは早速声をかけたんだ。しかし、どうも相手を間違えてしまったようでな」

相手を間違えた？

不思議に思うミコトに、ウォーカーは続ける。

「ルシアが声をかけたのが、あの金髪の生徒なんだね」

「ああ。どうやら彼女は、ルシアと同じようにクラスを率いる立場らしい。なのに手を差し伸べられたから腹が立ったのだろう。……まあ、気持ちは分からなくもないな」

集団を率いる身にも拘《かか》わらず、一方的に手を差し伸べられたわけだ。これを看過すれば自分が率いている集団に示しがつかない。

見たところ金髪の女子生徒は確かに怒っているが理性は保っている。決してプライドを刺激されたから激昂《げきこう》しているわけではなさそうだ。

「彼女が率いているクラスっていうのは？」

「確か、五組と言っていた」

集会で話題にあがった件か、とミコトは納得する。

（……あれが、ルシアと同じ器の持ち主か）

もう一度、今度は注意深く金髪の女子生徒を観察した。

赤い差し色の入った制服がよく似合う少女だった。全体のシルエットはドレスのように見える。肌は白く、佇《たたず》まいからは上品さを感じた。ルシアに負けず劣らず高貴な雰囲気で、容姿も端麗である。だがルシアと違って気性は激しいのだろう。彼女は力強くルシアを睨《にら》んでいた。

そんな少女の背後には、険しい顔つきをしていた生徒たちが待機していた。

彼らは皆、警戒心を露《あら》わにしてルシアのことを睨《にら》んでいる。……なるほど、あの金髪の少女はクラスメイトたちからかなり慕われているようだ。

「埒《らち》があかないわね」

金髪の少女が、溜息《ためいき》交じりに言った。

「私はただ、これからは無闇に手を差し伸べるなと言っているだけなのだけれど……貴女《あなた》にはそんなことすらできないのかしら？」

「はい。私はこれからも、色んな人へ声をかけていきたいと思います」

「はっ！　聖女っていうのは、随分傲慢な女のことを指すらしいわね。自分が声をかけなければ、目の前にいる人は最後まで孤独だと思っているわけ？」

「そんなことは思っていません」

「なら、相手が助けを求めているか確認くらいはしなさいよ。貴女《あなた》がやっているのは善意の押し売り。他人の尊厳を踏みにじる行為よ」

金髪の少女の主張は一理あった。

彼女からすると、勝手に助けられるべき人間というレッテルを貼られたのだ。立場上、そんなことされたら困る人間もいるだろう。

「そうかもしれません。でも、そうではないかもしれません」

ルシアは肯定と否定を同時にした。

いや……肯定も否定もしなかった。

「人は、貴女《あなた》が思っているほど強くはありません。助けを求めているかどうかは本人ですら分からないことがほとんどです。だからこそ私はこれからも声をかけ続けます。本人ですら自覚していない、助けてという本心があるかもしれない限り」

ルシアは信念を一つ吐き出した。

……そういう考えのもとで動いていたのか。

助けを求めている人を取りこぼさないように。少しでも多くの人を助けられるように。それがルシアのやり方なのだろう。

「ここには生前で何かを成し遂げた、神様になる資格の持ち主しかいないわ。貴女《あなた》が思っているような弱い人間はいないのよ」

「そんなことはありません」

ルシアは首を横に振った。

「貴女《あなた》からも余裕のなさを感じます。ですから声をかけました」

それは──言うべきでは、ないだろう。

金髪の少女は助けを求めていないと主張しているのに、ルシアはそれを真っ向から否定したことになる。

金髪の少女は、目を細めてルシアを睨《にら》んだ。

そして──。

「殺しなさい」

あっさりと告げる少女。

その指示に、少女の背後で待機していた生徒が武器を構えた。

（おいおい……）

躊躇《ちゆうちよ》がなさすぎる。

金髪の少女が従える生徒たちは、剣を抜いてルシアに振り下ろした。

「──ふざけてるのか？」

振り下ろした剣を受け止めたのは、オボロ。

気高さの試験を経て、オボロは一層ルシアを信頼するようになったようだ。

だが敵の動きはまだ止まらない。左右から二人の男子が回り込んできて、オボロを攻撃しようとする。一人は鋼の籠手、もう一人は鎌を持っていた。

「こいつら、本気なの――ッ⁉」

セシルが二人の男子に向かって鞭《むち》を振るう。鞭《むち》は二人の武器に絡《から》まり、そのまま動きを止めた。だが一度に二人を相手にするのは流石《さすが》に分が悪いのか、今にも力負けしそうだ。

一組の生徒たちが戦闘態勢を整える。だがそれよりも早く、五組の生徒たちが一組の生徒たちを囲うような陣形を整えていた。

咄嗟《とっさ》の連携は五組の方が優れているようだ。

金髪の少女の背後で、男子生徒がどこからともなく弓を取り出す。

矢が放たれる寸前、ミコトはすぐ傍《そば》にあったドリンクコーナーを見た。コーヒーマシンとドリンクサーバーが並んで置かれており、その手前には紙コップや砂糖などがある。

そこからコーヒーフレッシュを一つ手に取り、矢の軌道上へ投げた。

放たれた矢が、コーヒーフレッシュにぶつかって軌道を逸《そ》らす。

「は⁉」

矢を放った男子が、何が起きたのか分からない様子で叫んだ。

気配を消しながらミコトは状況を把握する。

今、矢を逸《そ》らさなければ――ルシアが死んでいた。

基本的にこの学園は、試験中と授業中を除けば自由な行動が許されている。勿論《もちろん》、禁止事項もない。だが、それでも命令一つでこうも愚直に人を殺そうとするのは異様だ。

……唐突に湧いた苛立《いらだ》ちを、ミコトは歯軋《はぎし》りで鎮《しず》める。

誰かの言いなりで人を殺す。――かつての自分を見ているようで虫唾《むしず》が走る。

「全員、抵抗しないでください！」

ルシアが大声で告げた。

その瞬間、今にも五組の生徒へ襲いかかろうとしていた一組の生徒は動きを止める。

だがそれは相手も同じだった。

金髪の少女は、眉間に皺《しわ》を寄せてルシアを睨《にら》む。

「抵抗しないでください、い、い、い？　……どうしてそんな訳の分からない指示を出したわけ？」

「貴女《あなた》は、無抵抗の相手を痛めつけるような悪趣味な人には見えませんから」

そんなルシアの言葉に、金髪の少女は「ふぅん」と相槌《あいづち》を打ち、

「……救いようのない頑固者だけれど、愚者というわけではないようね」

金髪の少女が片手を上げると、五組の生徒が武装解除する。

ルシアと同じタイミングでクラスを統率したにしても、息が合いすぎているように感じた。

だがルシアは少女から目を逸《そ》らさない。

どちらも退かず、どちらも主張を曲げない。二人は対等な存在に見えた。

「貴女《あなた》、名前は？」

「ルシア＝イーリフィーリアです」

「そう。私はエレミアーノ＝アリエル。……貴女《あなた》が生前、聖女と呼ばれていたように、私は生前王女と呼ばれていたわ」

王女。その言葉はとてもしっくりきた。

その高貴さ、気高さ……そして何より、その支配者としての鋭い眼光。

「羽を貰った者同士、お互い頑張りましょう」

そう言って金髪の少女――エレミアーノは踵《きびす》を返《かえ》す。

ラウンジから出ようとする彼女は、そのままミコトのすぐ横を通り過ぎ――――ようとしたところで、不意に躓《つまず》いて体勢を崩した。

反射的に、転びそうなエレミアーノの身体《からだ》を支える。

「えっと、大丈夫？」

「……ちっ!!」

微《かす》かに顔を赤く染めて、エレミアーノは去って行った。

その背中をミコトは無言で見つめる。

「災難だったな、ミコト」

「いや、あのくらいはいいんだけど……」

ウォーカーに返事をしながら床を一瞥《いちべつ》する。……何もないところで躓《つまず》いたが、運動神経はあ

まりよくないのだろうか？

とはいえ見くびるわけにはいかない。

ミコトは以前、ルシアが教室で言っていたことを思い出した。

神様に羽を贈られた生徒は、もう一人いる。

どうやらそれがエレミアーノのようだ。

(……荒れそうだな)

聖女と王女。

羽を貰《もら》った二人の生徒が、対立してしまった。

この学園で上手《うま》く立ち回るには、試験や授業のことだけ考えればいいわけではなさそうだ。

「ミコトさん、大丈夫でしたか？」

ルシアがこちらへやって来る。

遠目からは、ミコトがエレミアーノに喧嘩《けんか》を売られたように見えたようだ。

「うん。ちょっとぶつかっただけだから」

「……そうですか」

ルシアは安堵《あんど》に胸を撫《な》で下《お》ろした。

「あの、ミコトさん。レグさんを見ませんでしたか？」

その名は知っていた。

先程殺した透明人間だ。

何かに使えると思って、顔だけでなく名前も積極的に覚えていた。ただ、ミコトとレグの表面上の接点は皆無に等しい。名を覚えていると訝《いぶか》しまれる可能性がある。

なので……。

「……レグ？」

「クラスメイトの男子生徒です。背丈はミコトさんと同じくらいで、前髪を目元まで伸ばしていて……」

惚《とぼ》けたミコトに、ルシアは丁寧に説明する。

「……ごめん、見てないね」

「そうですか。何もなければいいんですが……」

ルシアは不安そうな表情を浮かべた。

どうやらルシアも人の顔と名前を鮮明に覚えているらしい。ミコトはあくまで粛正者《パージ》として役に立つ情報かもしれないから覚えただけだが、彼女はきっと他者への思いやりだけでそこまでするタイプなのだろう。

荒れそうだな……なんて、他人事《ひとごと》みたいに思っていい立場ではない。

自分も荒らしている側の一人だと、ミコトは思った。

第四章
傷の共感
The Classroom to
Select God

学園に来て、そろそろ二週間が経《た》とうとしていた。

この日の最後の授業は、理学。ミコトのいた世界では理科や化学、物理学などと呼ばれている科目である。

「それでは次に、液体Cをビーカーの中に入れてくださ～い！」

理学の教師であるポレイアが、生徒たちに実験の説明をする。

理学の授業は今回で二回目なので、まだその内容も簡単だ。今回は植物から採れるという三種類の汁を混ぜることで、ある薬品を作る実験を行っている。ポレイアはまず理学という授業の面白さを生徒へ伝えるために、先に座学ではなく実験をする方針にしたらしい。

ミコトは指示通り、液体の入った試験管をビーカーへと傾けた。

「理学とはその名の通り、理《ことわり》を学ぶ授業です～。物理法則、質量法則、その他にも様々な法則がこの世界にはあり、これらを学ぶことでやがてはどんな存在でも自由に扱うことができるようになります。理は、世界の仕組みに直結する概念ですから、世界を生み出したり管理したりする神様には必須の知識なのですよ～」

神様の役割は概《おおむ》ねイメージ通りらしい。

「さあ、では最後に一混ぜしてください！　するとぉ～～爆薬の完成で～す！」

馬鹿な——。

植物の汁を三種類混ぜるだけで爆薬なんてできるものか。

クラスメイトたちもまさか自分が爆薬なんて作っているとは思わず「うおっ⁉」と驚きながら机から距離を取った。遠くを見れば、セシルが完成した薬品に刺激を与えることを恐れ、机に置くこともできずカタカタと震えている。

「……あ、そんなに怖がらなくても大丈夫ですよ～。その爆薬は二百度以上で五分間温めないと爆発しませんから」

なかなか複雑な爆薬のようだ。

爆薬を自作した経験は何度かあるが、あれは目立つため、ミコトが請け負う仕事にはあまり役立たないことが多かった。

実用性はさておき、未知の物体に興味が湧く。

完成した薬品をじろじろと観察していると、ポレイアがやって来た。

「ミコトさん、どうしました～？　失敗しちゃいましたか～？」

「……いえ、多分問題ないです」

「あら、本当ですね。完璧です～！」

ポレイアは小さな手でパチパチと拍手をした。

「ウォーカーさんも上手にできていますね～！」

「この手の作業には慣れていますので」

ウォーカーが眼鏡の位置を直しながら言う。

「ライオットさんは……また今度、頑張ってみましょうか～」

「………はい」

ライオットが作った液体は変な色に濁っていた。多分、配分を間違えたのだろう。ミコトたちが作った爆薬とは色が違いすぎる。

「ルシアさんも、上手にできていますね」

ポレイアがルシアの作成した薬品を見て言う。

ルシアは「ありがとうございます」と礼儀正しく頭を下げた。

結局、クラスメイトのレグという男子生徒は行方不明となったままだった。——ミコトが殺したのだから当たり前だが。

ルシアは何度か捜索したが、レグは見つからなかった。そのうち「この学園のことが嫌になって自らリタイアしたのかもしれない」という噂《うわさ》が流れ始め、ルシアも渋々納得した。

ちなみに噂《うわさ》を流したのはミコトである。

自身もまた噂《うわさ》を聞いたようなフリをして、ライオットやウォーカーたちに説明したのだ。レグは自ら命を絶ったのかもしれないと。

次第に誰も、教室に一つだけある空席について触れなくなった。

唯一、聖女ルシアだけは偶《たま》に空席を一瞥《いちべつ》することがある。

「流石《さすが》、聖女様だな。こういうのは得意そうだぜ」

ライオットがルシアの作成した薬品を見て、その要領のよさを褒める。

しかしルシアは複雑な面持ちをした。

「……あの、聖女様という呼び方はどうにかならないでしょうか」

「え？　最近は皆にそう呼ばれてるだろ？　駄目だったか？」

「駄目ではありませんが……生前の世界ならともかく、この学園では別に神様の教えを説いているわけではありませんし」

ルシアは難しそうな顔で言う。

嫌というほどではないが、違和感があるといったところだろう。

「まあ、盛り上がりやすいんだろうな」

ウォーカーの意見にミコトは頷《うなず》いた。

以前からルシアのことを「聖女」と呼ぶ者は何人かいたが、王女を自称するエレミアーノとの争いを機に、より多くの生徒がルシアのことを「聖女様」と呼ぶようになった。

ルシアのことを聖女様と呼ぶことで、一組の生徒たちは団結力を増している気がする。

「五組の王女を意識してるっていうのも、理由としてはありそうだよね」

「……私としては、あまり競争心はないのですが」

ルシアはただ、自分のやり方を曲げたくなかっただけであって、エレミアーノに対して競争心を抱いたわけではない。

しかし一組の生徒たちにとっては違ったようだ。

「共通の敵を用意するというのも、団結力を高める常套《じょうとう》手段だからな。王女との邂逅《かいこう》は、予期せぬ形で俺たちにメリットを与えたと言ってもいいだろう」

「……そうですね。団結のためには受け入れます」

ルシアが観念したように言う。

一組の団結力が高まるのは、一組の生徒にとってはメリットのあることだ。

粛正者《パージ》であるミコトにとってもそれは同様である。団結力が高まったおかげでクラスメイトの情報はより集めやすくなった。

集団行動が増えると、粛正のチャンスは減るのではないかと思ったこともあるが、多分その心配はない。学園の試験はどれも困難で、馴染《なじ》みがなくて、刺激的なものだ。たとえどれだけ団結力を高めようと、試験が始まれば必ず掻《か》き乱《みだ》される。その隙を突いて粛正すればいい。

(聖女と王女の対立か……)

今、この学園には二つの派閥ができている。

聖女派と、王女派だ。

この二つの派閥の違いはシンプルである。

──聖女派は、弱き者に手を差し伸べる。

──王女派は、強き者に相応《ふさわ》しい地位を与える。

小さな派閥は他にもあるだろうが、今やこの学園の生徒は聖女派、王女派、無所属の三パターンに大別することができた。

この学園の生徒は、いずれも生前で偉業を成し遂げた者たちである。そんな英雄たちの性格上、博愛の精神を持つ者と、己の実力に誇りを持つ者に二分されやすいのだろう。聖女派と王女派は、英雄たちの最も分かりやすい生き様を体現しているように思えた。

この数日、ミコトは王女派について情報を集めていたが、よくできている派閥だと感じた。試験で成果を出した者には強力な地位を与える。逆に成果を出せなかった者には低い地位を与える。ここで言う地位とは、五組の生存戦略を決める会議での発言権という意味だ。この学園の生徒たちは、生前では地位も名誉も思いのままだった。今更、単純な身分に食いつくはずがないのは分かるが、生存率を上げるための椅子となれば話は別なのだろう。

（……王女派の目的は、ただ生存することだけなのか？）

引っかかりを覚えるのは、五組の目的だった。

聖女派の目的は、試験の犠牲者を少しでも減らすことだ。これは一組の生徒に限った話ではなく、ルシアは他クラスの生徒からも犠牲者を出さないよう努めている。

一方、五組の目的は調べてもよく分からなかった。

ルシア以外は全員平等な聖女派と違い、王女派は徹頭徹尾格差をつけているが、王女派の生徒はたとえ派閥内での地位が低くても満足しているらしい。

それはつまり、揺るぎがたい団結力があるということだ。地位が低く、発言権もなく、まるで下働きのような立場でも、王女派の一員であることに誇りを抱いている生徒がいる。しかもルシアとの口論が起きた際、王女派の生徒たちは躊躇《ちゆうちよ》なくルシアを殺そうとした。彼らの王女に対する尋常ではない忠誠心の源は何なのか、それが分からない。

皆で生き残る。そんなチープな目的で、あそこまで団結できるだろうか。

そんな疑問が頭に残っていた。

「あら、チャイムですね～。では本日の授業はここまでです～！」

チャイムが鳴り響き、ポレイア先生が授業の終了を告げる。

その直後──。

『──試験が始まります』

真っ白な空から声が響いた。

『生徒の皆さんは、速やかに教室に向かってください』

ポレイアを見ると、申し訳なさそうに頷《うなず》いた。このタイミングで試験が始まることは知っていたようだ。

ここは実験室なので、ミコトたちはすぐに教室へ戻る。

それぞれ自分の席で待機していると、細身の男性が教室に入ってきた。

「試験を担当するクルトだ、史学の授業ぶりだね。……待たせてしまって申し訳ない。一組は移動教室みたいだったから、先に他のクラスへ説明をしてきたんだ」

小さく頭を下げて謝罪したクルトは、改めて生徒たちを見る。

「早速試験の説明をしよう。今回は賢さの試験、その名も《クラウディ・ラウンジ》だ」

三度目の試験。その科目は賢さ。

緊張する生徒たちの前で、クルトは授業の時と同じように穏やかな声色で語る。

「やることは凄《すご》く簡単で、ペーパーテストを解くだけだ。制限時間は二時間。時間が経《た》つと同時に採点が行われ、百点なら合格、それ未満なら不合格となる」

クルトは教卓の上に載せてある紙束を軽く叩《たた》きながら言った。

「ただし、この試験には一つ特殊なルールがある。一度だけ、教室を出入りすることができるんだ。教室の外に出た生徒は、学園の中ならどこに行ってもいいし、誰かと会話しても問題ない。図書室も利用できる」

随分、変則的なルールだ。

図書室を使えるというのは便利なルールだが、教室の出入りがたった一度きりと言われると慎重にならざるを得ない。

「禁止事項は、教室内でのカンニングだ。具体的には、意図的に他人から答えを盗もうとする行為、またはそれを手伝う行為を禁ずる。……要するに、教室の中にいる間は自分の頭だけで答えを考えるんだ。それと、二回以上の教室の出入りも禁止だから、うっかり数え間違えないよう気をつけてね」

要するに、教室にいる間は、自分以外の存在から答案のヒントを受け取ってはならないということだろう。教室の内側に限っては、普通の試験と同じルールが適用されるわけだ。

「さあ、それじゃあ答案用紙を配るよ」

クルトが問題用紙と答案用紙をそれぞれの生徒に配る。

二枚の用紙を受け取りながら、ミコトは頭の中で鈴の音が鳴っていないことに気づいた。気高さの試験で鳴っていた、あの警報だ。

警報が鳴っていないということは……この試験、粛正者《パージ》は無条件で合格できる。

(……ありがたい。これで粛正に集中できる)

全員に用紙が渡り、一分ほど待ったところでチャイムが鳴り響いた。

「試験開始だ」

クルトがそう告げた瞬間、一組の生徒たちは一斉に問題用紙を捲《めく》る。

その直後――全員が動きを止めた。

(……なるほど)

ペンを机に置き、ミコトは静かに吐息を零《こぼ》す。

（これは……自力で解ける試験じゃないな）

問題文が読めない。

解答欄が見つからない。

問題文はどれも見知らぬ言語で書かれていた。解答欄は一枚の紙の中でバラバラの形・順序で配置されており、設問に対応する解答欄を探すだけでも一苦労だ。設問と解答欄の数が合わないので、多分、そもそも表示されていない解答欄が幾つかある。

試験のルールを聞いた時点で察してはいたが、どうやらこの試験は自力で解くことを重視していないようだ。それなら合格点が百点のみなのも納得できる。図書室や生徒同士の情報交換など、あらゆる手段を駆使して満点を取る。……それがこの賢さの試験の肝なのだろう。

ミコトはそのままペンを持つことなく、しばらく答案用紙を見つめた。

十分が経過した頃、ミコトは立ち上がって教室の外に出る。

廊下は何人かの生徒が立ち話しており騒々しかった。しかし教室の中にいる間は話し声が一切聞こえなかったので、どうやら教室の内外で音が遮断されているらしい。

「ミコトも来たのか」

廊下に出ると、ウォーカーと目が合った。

「ウォーカーも出てたんだ」

「ああ。見た感じ、どのクラスでも三分の一くらいの生徒が外に出ているな」

「教室の外にずっといる分には問題ないからね」

出入りは一度きりだが、このまま外に出ている分には問題ない。

ミコトはまず、答案用紙を最初から最後までざっと確認し、全ての解答を記入するまでにかかる時間を予想してから外に出た。体感だが、全ての解答をスムーズに記入できるとしたら十分程度の時間を要するだろう。となれば、ラスト十分までに全ての正しい解答を知って、それから教室に戻って答案を埋めれば合格できる。多分、他の生徒も同じことを考えたはずだ。

（……まあ、どのみち僕は合格なんだけど）

無条件合格であることがバレたくないので、ラスト十分で教室に戻るつもりだが。ミコトはそもそも答案用紙を埋める気がなかった。

しばらくすると、ルシアが教室の外に出てくる。

それを見て他のクラスメイトたちも何人か外に出てきた。

「皆さん、自力で解けた問題はありましたか？」

ルシアは一組の生徒たちに訊《き》く。

最終的に一組は七割近くの生徒が外に出た。そのうちの五人が手を挙げる。

「まずはその解答を共有しましょう。どの問題ですか？」

そう言ってルシアは、皆の前で一枚の紙を広げた。

それは――答案用紙だった。

「も、持ち出したのか……？」

「禁止事項に、答案用紙を持ち出す行為は指定されていなかったので」

引《ひ》き攣《つ》った顔をして訊《き》くオボロに、ルシアはさらっと言ってのけた。

わりと大胆な性格をしている。……今に始まったことではない。そもそも大胆な性格でなければ、堂々と教壇に立ち、仲間を募集したりしないだろう。

「あの、さっき試しに問題用紙へ魔法を使ったら、新たに文字が浮かんで……」

「私も、特殊な薬品を浸したら解答欄が一つ増えたんだけど……」

教室から出てきた生徒が、次々と情報を共有してくれる。

しばらくすると、大人しそうな赤髪の女子生徒が出てくる。

「ナッシェさん」

「え、はい⁉　な、なんでしょうか、ルシアさん」

「確か、文学の授業で、どんな種類の言葉でも理解できると仰《おつしや》っていましたよね」

「えっと、はい……」

「では、今回の試験の問題文……全て理解できたのではありませんか？」

そんなルシアの問いに、赤髪の女子生徒ナッシェは――首を縦に振った。

「……はい、できました」

光明が見えた。

どうりで、いつまで経《た》っても教室から出てこなかったわけだ。問題文を全て読むことができたから、他の生徒と比べて情報交換の必要性を感じなかったのだ。

「では一つ一つ、解説していただいてもいいですか？　問題用紙はここにありますので」

「分かりまし……え？　も、問題用紙、持ってきちゃったんですか？」

「禁止事項に、問題用紙を持ち出す行為は指定されていなかったので」

さっき似たようなやり取りをしたばかりだが、ナッシェの気持ちはよく分かるので誰も突っ込まなかった。

ルシアたちに見られながら、ナッシェは問題文の解説を始める。身振り手振りでの説明に限界を感じたナッシェは、問題用紙の余ったスペースに図や表を書いて説明を続けた。

（……紙、足りなくなりそうだな）

廊下を歩き、階段の踊り場にある掲示板に近づいた。

食堂のメニューや、取り寄せカウンターに関するQ&Aコーナーなど、色んなプリントが掲示されている。裏面が白紙であることを確認したミコトは、それらを剝がしてナッシェのもとまで持っていった。

「これ、よかったら使ってくれ」

「あ、えっと、ありがとうございます」

ナッシェはプリントを受け取った。丁度、紙が足りなくて説明を中断していたようだ。他の生徒は情報を整理するために話し合っている。

小休止しているナッシェの様子を窺《うかが》って、ミコトは声をかけた。

「無理してない？」

「え？　む、無理ですか……？」

「顔色、あんまりよくないから」

自覚はあったのだろう。ナッシェは視線を泳がせ、困ったように笑った。

「……大丈夫です。普段、あんまり喋《しゃべ》らないので、少し緊張していました」

自嘲気味に、ナッシェは口角を吊《つ》り上《あ》げる。

「私、こんな性格ですから、友達とか作るのも苦手で。……多分、ルシアさんに声をかけてもらえなければ、孤立していたと思います」

ナッシェはルシアの方を一瞥《いちべつ》しながら言った。

確かに、その引っ込み思案な性格では、自力で交友を広げるのは難しかっただろう。

「ですから、今はちょっと頑張りたいんです。ルシアさんの気持ちに応えるためにも……」

ナッシェは両手で軽く拳を作り、「むん」とやる気をアピールした。

なるほどな……と、ミコトは頭の中で納得する。

こうやって、聖女派の結束は固くなっていくのだろう。

廊下だけでは手狭になったので、一組の生徒たちは階段の踊り場も利用して話し合った。

「なんか、賢さっていうより人望の試験っぽいな」

いつの間にか外に出ていたライオットが、議論を交わすクラスメイトたちを見て言った。

「足りない才能を他の才能で補うのはよくある話だ。気高さの試験も、お前に関しては強さだけで合格したようなものだしな」

「確かに。俺には賢さも気高さもねぇからな」

ウォーカーの意見に、ライオットは笑いながら肯定する。

（この試験の特徴が見えてきたな……）

クラスメイトたちの話を聞きながら、ミコトは情報を頭の中でまとめた。

・問題文が複数の世界の言語で書かれているため、読めないものが多い。
・解答欄の配置がバラバラで、更にどこにも見当たらないものも幾つかある。
・特殊な能力や薬品を使うことで、問題文および解答欄が表示されることがある。
・問題そのものは、今までの授業のおさらい。

　ナッシェの協力によって、問題の内容自体は奇抜なものではないと発覚した。

　たとえば問一は、図形の面積を算出する問題となっているらしい。解答欄は答案用紙の右隅に発見した。そこまで分かれば自力で解ける生徒も多い。

「あれ？　この事件が起きた時期って、二六四年じゃなかったか？」

「問題文をよく見ろ。この年号で数えたらあっているはずだ」

　いわゆる引っかけ問題も幾つかあるようだ。

　単位や年号の指定を見逃さないように、複数の生徒が問題文をチェックする。

「……ルシアがいてくれてよかったよ」

「ミコトさん？」

　思わず呟《つぶや》いたミコトに、ルシアが首を傾《かし》げた。

　今回の試験、ミコトたち一組の生徒はナッシェの能力に救われたが、それでも最大の功労者と言えばルシアになるだろう。

「周りを見てみなよ。僕たち以外のクラスは皆、疑心暗鬼だ」

　階段の踊り場から、廊下にいる他のクラスの生徒たちを見た。

　彼らも一組と同じように情報交換しているが、一組と違って信頼関係を築けていないため全員が全員を疑っている。皆が一様に険しい顔つきで議論するその光景は、遠くから見ているだけでも気分が重たくなった。

その情報は正しいのか？

ひょっとして嘘《うそ》をつかれているのではないか？

自分だけが得をするにはどうしたらいい？

本当にこのタイミングで教室を出てよかったのか？

そんな疑問が、そこら中に渦巻いていた。

（試験名、《クラウディ・ラウンジ》か。……曇りの社交室とはよく言ったものだ）

これは賢さの試験。

この試験で要求されている賢さは、単純に勉強できるという意味での賢さではなく、情報の真偽を見抜く賢さや、立ち回りの賢さだ。

そういう意味では、学園生活が始まって早々に皆で協力しようと提案したルシアは、この上なく賢かったことになる。特別な力なんて何もいらない。信頼関係を築くことで、一組の生徒たちは情報の真偽を見抜く工程そのものを排除した。一組の生徒に限っては、教室を出るタイミングを間違っても全ての情報が共有されるだろう。

気高さの試験の時も思ったが、改めて、一組は団結していてよかったと思う。

こうなると他のクラスが不憫《ふびん》とすら思えた。

そんなミコトの隣で——ルシアは神妙な面持ちをする。

「ルシア？」

何を考えているのか。気になったミコトの問いに、ルシアは決意した様子で口を開く。

「彼らとも協力しましょう」

「……え？」

「彼らは今、困っているはずです。なら声をかけなくては」

そう言ってルシアは、二組の生徒たちの方へ向かった。

「……ちょっと待て」

遠ざかるその背中に向かってミコトは声をかけた。

「悪いことは言わない、今回は聖女派……一組の生徒だけで情報交換を行った方がいい」

「何故《なぜ》ですか？」

「他のクラスとはまだ信頼関係を築いていない。たとえルシアが善意で情報を提供しても、相手はルシアを陥《おとし》れるための情報を与えるかもしれないだろ。……このクラスにいると偶《たま》に忘れそうになるけれど、試験の本質は生徒同士の競い合いなんだ。これ幸いと、僕らを蹴落とそうとする人が嘘《うそ》の情報を提供してくるかもしれない」

そう告げるミコトに対し、ルシアは一度だけ視線を下げ、

「最初は、私たちもそうだったはずです」

ルシアはクラスメイトたちの背中を見た。

「でも今はこの通り……皆、手を取り合って真剣に生きようとしています。私は他のクラスの皆さんともそれができると信じているんです」

確かに、正直クラスメイトたちがここまで手を取り合うとは思っていなかった。

だがそれは結果論だとミコトは思った。

「時には人を疑うことも大事だ」

「和平を結ぼうとする使者が、相手を疑ってどうしましょう」

一歩も譲る気はない。そんな意志が伝わってきた。

――お人好《ひとよ》しが。

舌打ちしそうになる衝動を、すんでのところで堪える。

この少女を頷《うなず》かせるにはどうしたらいい？

「……他のクラスと関わるのは別にいい」

一つ妥協して、ミコトは告げた。

「その代わり、ルシアから一方的に情報提供するだけにしてくれ。そうすれば不合格者を減らすという目的は達成できるだろ？　……ルシアが他の誰かを信じていても、もし嘘《うそ》の情報を提供されたら僕たち全員が被害を受けるんだ。それだけは避けよう」

「……分かりました」

今の一組の生徒たちは、ルシアの言葉なら大抵信じてしまう。だからルシアが嘘《うそ》の情報を掴《つか》まされるわけにはいかなかった。

一組は……聖女派は、ルシアが墜《お》ちた時点で全滅する恐れがある。

「やっぱり、ミコトさんは信頼できます」

ルシアはミコトのことを真《ま》っ直《す》ぐ見つめながら、微笑《ほほえ》んだ。

「私たちのことを案じてくれたんですよね。……ありがとうございます」

小さく頭を下げ、ルシアは二組の生徒たちに近づく。

そんな彼女の言葉を受けて、ミコトは硬直した。

（……違う。僕は別に、誰かを守りたいわけじゃない）

粛正者《パージ》なんだぞ、僕は――――。

誰かを守りたいなんて思うはずがない。むしろ皆、適度に追い詰められてほしい。そうすれば危機感に突き動かされた生徒が違反者になってくれる。違反者が増えれば、粛正者《パージ》はより願いを叶《かな》えやすくなる。

願い。――そう、願いだ。

自分は、師匠を蘇《よみがえ》らせるためだけに、今この学園で生きているのだ。

『心だけは正しくありたいじゃない？』

そう言ってくれた師匠のことを、忘れることはできない。

なのに――――。

『心だけは正しくありたいのです』

そう言ってみせた聖女ルシアのことが、どうしても頭から離れない。

ルシアは多分、師匠と同類だ。どうしようもないお人好《ひとよ》しな人間だ。

ならば、もしルシアが不合格になってこの世界を去れば――自分はまたしても師匠を失ってしまうことになるんじゃないか。

そんな恐怖が湧いた。

(……ん?)

渦巻く感情を整理できずにいると、ふとルシアの背中に妙なものが見えた気がした。

美しい銀色の長髪。その隙間に、不思議な気配を感じる。

ミコトはそれを――誰にも悟られぬ速度で、一瞬で手に取った。

誰にも見られないよう警戒心を抱きながら、手に取ったものを見る。

(なんだ、これ。……耳?)

それは人間の右耳だった。

血は出ていない。付け根の部分に白い靄《もや》がかかっている。偽物《にせもの》かと疑ったが、この仄《ほの》かな温かさと柔らかさは本物のように思えた。

その時――脳裏に、師匠の言葉が蘇《よみがえ》る。

『ミコト、想像力は大いなる武器よ。それさえあれば万物を味方に変えられる』

敵だと思った相手も、劣悪だと思った環境も、想像力次第では味方になる。かつてミコトは師匠からそう教わった。

ミコトは試しにその耳を力強く握った。軟骨が歪《ゆが》み、元の形に戻ろうと掌《てのひら》の中で反発する。

そのままミコトは廊下を歩き、教室の中を覗《のぞ》いた。

一組、異常なし。

二組、異常なし。

三組――――二列目最後尾の席で、右耳のあたりを必死に押さえている女子生徒を発見。

ミコトは手中の耳を、口元の辺りまで持ち上げる。

「……十分後、ラウンジに来い。話がある」

掌《てのひら》の上にある耳にだけ聞こえるように、ミコトは小さな声で告げた。

◆

試験開始から四十分が経過した。

ラウンジの片隅で佇《たたず》むミコトは、外から慌ただしい足音が聞こえることに気づく。

「おい！　図書室の入り口に答案用紙があったらしいぞ！」

「やっぱり、答案用紙は配られたものだけじゃなかったのか！」

扉の向こうから、生徒たちの話し声が聞こえた。

見当たらない解答欄が幾つかあるとは思っていたが、どうやら答案用紙そのものが別で用意されていたらしい。問題文の解析が進むことで、新たな答案用紙の在処《ありか》のヒントが現れる仕組みだったようだ。おかげで今、学園中が騒がしくなっている。

喧騒《けんそう》が遠退《とおの》いたかと思えば、ラウンジの扉が開き、一人の女子生徒が入ってきた。

その少女は視線を左右に散らし、警戒心を露《あら》わにする。

ミコトはルシアの背中についていた耳を持ち上げ、小さな声で語りかける。

「右手を挙げろ」

ラウンジに入ってきたばかりの少女が、小さく右手を挙げた。

その姿を確認してミコトは少女の前に立つ。

「この耳は、君のものか」

「……ええ」

少女は敵意を剥《む》き出《だ》しにして、ミコトを睨《にら》んだ。

そんな少女へ……ミコトは、持っていた耳を投げる。

「返すよ。敵対したいわけじゃないんだ」

少女はミコトを睨《にら》みながらも、受け取った耳を右のこめかみ辺りに近づけた。

長い髪で隠されていたが、少女の右耳は白い靄《もや》に包まれていた。そこに分離された耳を近づけると、まるで磁石で吸い付くかのように耳が頭にくっつく。

　不思議な光景だが、この十分間で彼女の能力については予想を立てていた。

　おかげで動揺はない。

「少し話そう。適当に座ってくれ」

　そう言ってミコトは、コーヒーマシンを動かす。

　一人分のコーヒーを入れて、少女に差し出した。

「どうぞ」

「……自分で入れるわよ」

　少女はコーヒーマシンに近づき、コーヒーを入れた。

　近くの椅子にミコトが座ると、少女はその正面に座る。

　二人同時にコーヒーフレッシュの蓋を開け、コーヒーに入れた。紙コップを軽く混ぜて、ミコトは少女を見る。

「君の能力は、身体《からだ》の一部を分離させて動かすことができるという認識であっているかな？」

「概《おおむ》ねその通りよ。こんな感じにね」

　少女がパチンと指を鳴らすと、彼女の片腕が肩から分離した。分離された腕は宙を浮きながら移動している。掌《てのひら》を動いたり閉じたりしているので、動作は分離前後で変わらないようだ。

「君は、聖女ルシアの背後に分離した耳を忍ばせて、聖女派の会話を盗み聞きしていた」

「ええ」

「盗み聞きしていた時、君自身は教室の中にいたね？」

「……」

無言は肯定と受け取る。

あの耳を強く握り締めた時、三組の教室で彼女は耳を押さえていた。分離した耳は本体と感覚が繋《つな》がっていたのだ。だから耳の痛みが本体である少女に届いた。

「君がやったことは、禁止事項に抵触している」

少女は、静かに頷《うなず》いた。

「………そうね」

彼女は教室にいながら、聖女派の話を盗聴していた。しかしそれは、教室で他人から答えを受け取ってはならないというカンニングの禁止事項に抵触する。

「察するに、頼れるクラスメイトも存在しないし、八方塞がりだったから、やむを得ず禁止事項に抵触したってとこかな」

「その通りよ。素直に教室から出ようと思ったけれど、たった一回しか出入りできないというルールがどうしても気になって。こういうことをしたわけ」

「禁止事項に抵触するのは怖くなかったのか？」

「怖かったわよ。でもバレない自信があった。分離させた耳には認識阻害や気配遮断の術式を刻んでいたし、生徒には勿論《もちろん》、試験官にさえ気づかれないよう工夫していた」

そう言って少女はミコトを睨《にら》んだ。

「貴方《あなた》、何者？」

その問いに、ミコトは少し考えてから答える。

「普通の人間だよ。多分、この学園の誰よりもね」

ミコトはその術式とやらについて考える。

その術式とやらも、ミコトの世界にはなかった超常の力なのだろう。……どうりで最初は不思議な気配としか感じなかったわけだ。

『警戒心の塊であれ。そうすれば、どんな異常も見逃さないわ』

そんな師匠の教えが、今もミコトの中で息づいていた。

だから、この辺りで終わらせることにする。

「この学園のコーヒー、どう思う？」

「何よ、急に。……まあ普通に美味《おい》しいと思うけど」

「それはよかった」

少女は首を傾《かし》げた。

だが次の瞬間――少女が目を見開き、その口から鮮血が噴き出る。

「か、ハ……ッ⁉」

「味に違和感はないみたいだね。自分で何度も確認したんだけど、やっぱり第三者の情報が一番貴重だよ」

口元を押さえながら床に転がる少女を、ミコトは立ち上がって見下ろした。

「ま、さか……毒……ッ!?」

「正解」

パティに調達してもらった材料で作った毒だった。取り寄せカウンターについて説明を受けた後、ミコトがパティに渡した一枚のメモ……あそこに毒の原料を書いていた。

「ど、どう、やって……貴方《あなた》も、同じ機械で入れていたはず……ッ!!」

身体《からだ》に回りさえすれば即死する毒のはずだが、少女はまだ喋《しゃべ》ることができた。

英雄の身体《からだ》は丈夫だな、と思いつつ、ミコトはコーヒーマシンの方に近づく。

「機械じゃなくて、こっちの方」

紙コップの隣に置いてある、コーヒーフレッシュを手に取った。

「これ、全部すり替えたんだ。意外と気づかないだろう?」

少女が目を見開いた。

彼女が来るまでの間に、ミコトはラウンジに置かれていたコーヒーフレッシュを、毒入りのものにすり替えていた。自分が手に取る予定の一つだけは本物のままだったが、今ここに置かれている残りは全て偽物《にせもの》である。

休み時間などでこっそりコーヒーフレッシュを盗み、自分の部屋で中身を無臭の毒に入れ替えていたのだ。幸いこの手の工作は経験があるので、蓋と容器を接着させるホットメルト接着剤も取り寄せカウンターで手に入った。

もう用が済んだので、残りのコーヒーフレッシュは回収しておく。制服の内側にあるポケットに小分けして入れた。

「どう、して……」

最期《さいご》に少女が呟《つぶや》いたのは、疑問だった。

ここで殺される理由が分からなかったのだろう。事実、ミコトが普通の生徒だったら取引を持ちかけていた。盗聴した情報を共有しろとか、いかにもありそうな交渉である。

だが、少女は知らない。

この学園には、粛正者《パージ》という存在が潜んでいることを――。

「……わりと簡単に片付いたな」

毒が効かない場合も予想して直接殺す準備もしていたが、杞憂《きゆう》に終わった。もしかすると超常の力を持つ人間は、逆に毒殺みたいな原始的な攻撃には弱いのかもしれない。

少女の脈を確認する。……確実に死んでいる。

粛正完了。そう思った刹那――。

「ア、アア、アアァアアァアァアァア……ッ」

「――ッ⁉」

言葉にならない呻《うめ》き声が聞こえ、ミコトはその場から飛《と》び退《の》いた。

少女の身体《からだ》が、粘度の高い真っ黒な泥のように変貌する。

(なんだ、これは……ッ⁉)

黒い泥はミコトを飲み込もうと、迫ってきた。

泥に触れた床と椅子が、ジュウ！　と音を立てて溶けている。

『見る前に、触れる前に、それがヤバいかどうか区別できるようになりなさい』

頭の中で師匠の言葉が蘇《よみがえ》る。

これは――ヤバい。

泥の飛沫《しぶき》が迫り来るので、咄嗟《とっさ》にテーブルを蹴り上げて盾代わりにする。しかし泥は一瞬でテーブルを完全に溶かしきり、勢いを緩めることなく近づいてきた。

『見てから、触れてからでは……手遅れかもしれないから』

師の叱責が聞こえたような気がした。

流石《さすが》は英雄。まさか、死してなお戦うことができるとは。

相変わらず常識が通用しない世界だ。舌打ちして、ラウンジを駆け回りながら泥を避ける。

(どこに逃げる？　一番安全な場所は……ッ⁉)

ほんの僅かな熟考。その末に答えを見出《みいだ》したミコトは、開いている窓から外に飛び出た。

そのまま校舎裏に走り――目的の部屋に、窓ガラスを割って入る。

「驚いたな」

部屋の中で受け身を取ったミコトに、女性が声をかける。

「こういう用途は、予想してなかったよ」

そう言って、保健医のキリエはカップを口元に近づけた。

ティータイムで寛《くつろ》いでいたのかもしれない。申し訳ないことをした。

「すみません。ここしか思いつかなかったので」

「……なるべく遠慮してくれたまえ。私は非力だからね」

キリエはヒラヒラと手を揺らして言った。

窓の外では、泥がミコトを見失って右往左往している。

ここは粛正者《パージ》しか認識できない保健室らしい。キリエからそう伝えられたことを思い出して
咄嗟《とっさ》にこの部屋まで逃げてきたが、正解だったようだ。

しばらくすると、泥が形を崩して地面に広がる。地面に広がった漆黒の泥は、霞《かすみ》になって消えた。……人望の試験で、不合格だった生徒が消えた時と同じ光景だ。

「死後、発動する能力はこの世界と相性が悪い。ここでは死が確認され次第、自動的に輪廻《りんね》転生に組み込まれるという自然の流れがあるからね」

では、もしその流れがなければ……あの泥はまだ動いていたかもしれないということだ。

九死に一生を得るとはこのことだろう。

「おめでとう。三度目の粛正、成功だね」

「……はい」

ミコトは左手首を見た。

点数《スコア》は487から721に変化していた。

「彼女の来世は、ミジンコとかそんな感じだろうね」

あの泥を女性と認識できる辺り、やはりこの保健医もただ者ではない。

「素朴な疑問なんですが、どうして霊子が低ければ来世は小さい生き物になるんですか？」

「そうだなぁ……霊子っていうのは、君の世界で言う徳みたいなものだからだ」

「徳？」

「君の世界には、徳を積むという言葉があるだろう？　生前、頑張って徳を積んだ人間は、死後の世界で神様に評価してもらえるんだ。……神様は慈悲深いからね。徳を積んだ生き物には来世で幸せになってほしいのさ。だから徳を稼げば、来世では能力の高い生き物に生まれ変わることができる。逆もまた然りだ」

徳がなければ、来世で幸せになる資格はないと判断されるということか。

「霊子とは、徳であり、魂の原料であり、神様の寵愛《アガペー》なのさ」

霊子は魂のようなものだと認識していたが、どうやらまだ理解が足りなかったようだ。

要するに、霊子とは――どれだけ神様に愛されているかだ。

ふと、そこで引っかかりを覚える。

霊子の正体が、神様から注がれる愛の量だとすれば……似たような指標を、ミコトはほんの少し前に聞いたことがあった。

「それなら、羽を貰《もら》った生徒は……」

「おっと、鋭いね」

キリエが面白そうに笑った。

「これ以上、私が口を滑らせる前に早く戻りたまえ。まだ試験の途中だろう」

保健室を出るよう促されたので、ミコトは「失礼します」と言って廊下に出た。

キリエは答えてはくれなかったが、あの反応から察する限り予想は正解なのだろう。

羽を貰《もら》った生徒の噂《うわさ》は既に学園中に広まっている。今は「神様に最も近い生徒の証《あかし》」と言われているが、少し前までは同時に「神様に気に入られている証《あかし》」とも言われていた。

羽を貰《もら》っている生徒は、他の生徒とは一線を画して神様に愛されている。

なら、その霊子の量は――――莫大《ばくだい》に違いない。

（ルシアには、狙われる理由がある）

ミコトは無意識に、早足で教室に向かった。

エレミアーノもそうだが、ルシアは神様から羽を貰《もら》ったことを隠していない。粛正者《パージ》が先程の事実に辿《たど》り着《つ》くと、あの二人を標的にするに決まっている。

急いで階段を上る。

その途中でルシアと遭遇した。

「ルシア……」

「ミコトさん、探していました」

探していた？ と首を傾《かし》げると、ルシアが頷《うなず》く。

「全ての解答が分かったんです。すぐに共有しますね」

そう言ってルシアは踵《きびす》を返《かえ》し、まるで先導するように教室へと向かった。

不安に駆られて教室に向かったが、冷静に考えれば別に焦《あせ》るほどのことではなかった。

ルシアはきっと、自分から不正を犯すような人間ではない。

仮に他の粛正者《パージ》がルシアに接触したとしても、それだけでルシアが窮地に立たされることはないだろう。

「ミコトさん」

廊下を歩くルシアが、振り返ってこちらを見た。

「先程は忠告していただきありがとうございます。私は頑固なところがありますから、また何かあれば是非言ってくださいね」

「……ああ」

できれば頑固じゃなくなってほしいが……という言葉は心に留《とど》めておいた。

三十分後、賢さの試験は終わる。

聖女ルシアの尽力によって、この試験は全体の八割の生徒が合格した。

◆

試験が終わった後、ミコトはいつも通り粛正者《パージ》の集会に参加した。

「一組の聖女、とんでもねぇな」

二番の男子が軽く笑いながら言う。

「どういう環境で育ったらあんな博愛主義になるんだ？　全クラスに解答を共有してたぞ」

「廊下のど真ん中で『正しい解答を教えます』って大声を出していましたからね。試験官の先生も唖然《あぜん》としていましたよ」

そんなことをしていたのか……。

ミコトがラウンジにいる間、ルシアは相当な数の生徒を救済していたらしい。

「そ、それにしても、今回の試験では四人も粛正されたんですね。そろそろ願いを叶《かな》えられそうな人が、いるんじゃないでしょうか……？」

「簡単な願いだったら有り得るかもしれないわね」

気弱そうな十二番の少女に、六番の少女が同意した。

「貴女《あなた》たち、一度も粛正したことないんですか？　そんな簡単に目標点数に到達するとは思えないのですが……」

「それは貴女《あなた》が雑魚《ざこ》ばかり狩ってきたからじゃない？」

「そんなことはありませんが」

険悪な空気が立ち込める。

この学園にはあらゆる世界から英雄が集められているため皆、個性的だが、粛正者《パージ》は更に個性的かもしれない。個性というか、尖《とが》っているだけかもしれないが。

「も、目標点数は粛正者《パージ》の願いの規模によってバラバラとのことですし……えっと、そういうところで競争するのは、不毛なんじゃないでしょうか……？」

なかなか鋭い指摘が繰り出された。

ごもっともな意見に、睨《にら》み合《あ》っていた二人の少女は黙る。

「……どうでもいいのだけれど、どうして貴女《あなた》はいつもメモ帳を見て喋《しゃべ》るの？」

「す、すみません。私、忘れっぽい性格なので……」

メモ帳を見ないとこれまでの知識が思い出せないほど忘れっぽいのだろうか？

やっぱり粛正者《パージ》は変わってるな、とミコトは思った。

「他に議題はないのか？」

次の話題が一向に出ないため、監督のアイゼンが口を出す。

「じゃあ、アタシから一つ！」

八番の少女が、いつも通りの明るい口調で言った。

「協力者を募集します！」

協力者？　と不思議そうにするミコトたちに、少女は続ける。

「試験中に不正を確認したんだけど、殺す余裕がなくてね。だからこれから殺しに行こうと思ってるんだけど、ちょっと分が悪くてさ。ターゲットは誰なんだよ」

「手伝ってくれって言われてもな。誰か手伝ってくれない？」

「さっき話題になった人だよ」

顔は見えないが――少女は多分、笑って言った。

「聖女ルシア。あの子は違反者だよ」

その言葉を聞いた瞬間、ミコトは椅子から立ち上がる。

「……どういうことだ」

円卓の間は静まり返っていた。

各々《おのおの》驚いてはいるのだろう。そんな空気の中でミコトは問う。

「聖女が、禁止事項に触れたというのか？」

「うん」

「……何かの間違いじゃないのか？」

どうしてそんなことを訊《き》いているのか、自分でもよく分からなかった。

しかし八番の少女は、堂々と首を横に振る。

「間違いじゃないよ。聖女ルシアは賢さの試験中、教室で不正を行った。アタシはそれをこの目ではっきり確認している」

教室でルシアの不正を確認したということは、この少女は一組の生徒なのか？

分からない。もしかすると他のクラスの生徒で、廊下から確認できたのかもしれない。だが今、大事なのはそういうことではない。

「証拠はあるのか？」

「本人が認めた」

「……は？」

驚くミコトに、八番の少女は言った。

「本人があっさり認めたの。多分あの子、嘘《うそ》をつけないんじゃないかな」

そんなわけ——と反論しそうになったが、確かに有り得る。

あの、どうしようもなく頑固な博愛主義の聖女なら、正直に罪を認めるのも納得だ。

「というわけで、聖女を一緒に殺してくれる仲間を募集します！　本当はアタシが直接やりたかったんだけど、あの子、常に大勢の人に囲まれているからアタシ一人じゃ手を出せなくて。

だからやむを得ずこういう形を取りました！　勿体《もったい》ないけど、点数も早い者勝ちでいいよ！」

できれば自分で聖女の点数を獲得したかったが、このままでは活路を見出《みいだ》せないので、第三者の手を借りてチャンスを作ることにしたようだ。他の粛正者《パージ》に獲物を奪われる可能性はあるが、自力で粛正できない以上、チャンスが生まれるだけでも得をしている。

「待て。まだそんな、はっきりとした証拠があるわけでもないのに……」

「十三番」

なんとかこの流れを止めようとすると、アイゼンがこちらを睨《にら》んできた。

「粛正者《パージ》にも禁止事項は存在する。それは、違反者でない者を殺すことだ。これは未遂でも適用される。……八番を疑うのであれば協力しなければいいだけの話。或《ある》いは、八番が嘘《うそ》をついている証拠を探せばいい。もし証拠が見つかれば、その時は八番が粛正対象となる」

「ちょっとちょっと、アイゼンさん？　怖いこと言わないでよぉ～」

八番の少女がへらへらと笑う。

「元より貴様らの役割は、小賢《こざか》しい治安維持などでは決してない。貴様らは、貴様らの信念に基づいて動くだけでいいのだ。それがこの学園のためになる。そういう人選のはずだ」

「……？」

何を言っているのか、イマイチ分からなかった。

全員が黙る中、八番の少女は改めて円卓の間に集まる人影を見て、

「それで、誰か協力してくれる人はいないの？　聖女を殺せるチャンスだよ～？」

そんな問いかけに、粛正者《パージ》たちは考える。

「聖女か。確かに点数は高そうだが……」

「正直な話、状況次第ね。簡単に殺せそうな試験ならいいけど」

簡単に殺せそうな試験なら、多分八番が直接手を下すだろう。

粛正者《パージ》たちの反応は慎重だった。

「私も遠慮します。もし貴女《あなた》が嘘《うそ》をついていた場合、貴女《あなた》を信じて聖女を殺した私は違反者になってしまいますから」

「え～、そんなことしないのに～！」

「そう言われて信じるほど、私は貴女《あなた》のことを知りません。……粛正するべき相手は、私自身の目で確かめることにします」

その考え方が一番正しいように感じた。

彼女の言う通り、八番の少女が他の粛正者《パージ》を罠《わな》にはめようとしている——という仮説は成立する。八番の少女もこれを否定する証拠は持っていないようだった。

ならば——。

「——僕がやる」

ミコトは手を挙げて言った。

「いいの？　なんか反対っぽかったけど」

「証拠がなくてもいいのか気になっただけだ。別に、反対ではない」

嘘《うそ》だ。

本当は反対したい。だが今ここで言葉だけの反対をしても意味はないだろう。

だから――他の粛正者《パージ》が引き受ける前に、自分が引き受ける。

そして、ルシアが本当に禁止事項に抵触してしまったのかを確かめる。

「よし！　じゃあ次の試験で協力して聖女を殺しちゃおう！　合い言葉は、そうだな～……アタシが『粛正者《パージ》？』って訊《き》くから、肯定してくれたらいいよ。そしたら二人で試験のルールに合わせて作戦会議しよう！」

「分かった」

お互いの手の内を共有するくらいはすると思っていたが、そこまでやる気はないらしい。やはり罠《わな》にはめる気なのか、それともそこまでしなくても粛正できる自信があるのか。……試験の内容が分からない状況で、作戦を立てても無駄になるという考えも理解はできる。

「他の議題がないなら、集会はこれで終わりだ」

アイゼンはそう言って、粛正者《パージ》たちを見た。

「私は嬉《うれ》しいぞ。貴様らが各々《おのおの》の役割について議論してくれて。……これからも、自らの在り方について考え続けるがいい。それもまた粛正者《パージ》の使命だ」

アイゼンは上機嫌に笑った。

その言葉の意味は、やはりよく分からなかった。

◆

円卓の間を出たら、図書室にいた。ランダムに転送されるこの仕組みは、正体を隠すためには役に立つが、急いでいる時は不便に感じる。

賢さの試験が終わった後、一組はまたラウンジで祝勝会をやろうという話になっていた。ミコトは急いでラウンジに向かい、ルシアの姿を探す。

「ルシア」

「ミコトさん」

ルシアを見つけるのは簡単だった。彼女はいつだって人集《ひとだか》りの中心にいる。

なのにミコトが声をかけると、すぐに振り向く。まるで待ちわびていたかのように。

ルシアは透明なグラスを片手に持っていた。グラスの中で薄緑の液体が揺れている。

「丁度よかったです。ミコトさんも一杯どうですか？　セシルさんの世界で人気の飲み物みたいなんですが、とても爽やかな風味で美味《おい》しいですよ」

「いや、遠慮しとくよ」

今回もそれどころではなかった。

「それより少し来てくれないか？　大事な話がある」

「……分かりました」

神妙な面持ちで告げるミコトに、ルシアは頷《うなず》いた。

楽しそうな祝勝会の空気を壊したくない。ミコトたちはラウンジの外に出る。

人の気配がしない場所を探すと、自然と学生寮の屋上にたどり着いた。

「話とは、何でしょう」

「不正をしたのか？」

単刀直入なミコトの問いに、ルシアは微《かす》かに目を揺らした。

その動揺を見逃すことなく、続けて尋ねる。

「賢さの試験で、禁止事項に抵触したのか？」

「……はい、しました」

認めた。――――こんなにも、あっさりと。

舌打ちを堪えられたのは我ながら賞賛に値する。百歩譲って、万歩譲って、違反者となったことは別にいい。しかしこんな簡単に認めてしまうのは、あまりにも人がよすぎた。

「何をしたんだ」

「教室で、答案を見せてほしいと視線で訴えられたのです。あまりにも追い詰められている様子でしたから、見せました」

「カンニングを手伝ったのか……」

手伝う行為も、禁止事項に抵触している。

決定した。──聖女ルシアは違反者だ。

即《すなわ》ち、粛正するべき人間である。

「馬鹿が」

「……ミコトさんも、そんなふうに苛立《いらだ》つんですね」

「そんなこと言ってる場合じゃない」

ルシアは何も知らない。今、粛正者《パージ》たちがルシアの身を狙っていることを。

集会ではまだ、ルシアが本当に違反者かどうか分からなかった。だからミコト以外、あの八番の少女に協力を申し出なかった。

しかしいつか、ルシアが本当に違反者であるという情報が露見するかもしれない。

そうなれば──狩りの始まりだ。

ルシアはいかにも点数が高そうだから……粛正者《パージ》たちによる、ルシアの争奪戦が始まる。

(いっそ、僕が……)

隠し持っているナイフに手を伸ばそうとした。自分なら苦しめることなく、辱《はずかし》めることもなく、彼女を抹殺できる。

だがすぐにその選択肢は消した。本意でないことは明白だった。

「……誰に答案用紙を見せたんだ」

「言えません。少なくとも、今のミコトさんには」

「どういう意味だ」

「その人のことを教えると、今すぐ殺しに行きそうな目をしていますよ」

静かに吐息を零《こぼ》し、それから片手で目を隠した。

感情のコントロールがうまくいかない。

「どうして、お前はそんなに誰かを助けようとするんだ」

素朴な疑問を口にする。

すると、ルシアは何故《なぜ》か機嫌をよくした。

「嬉《うれ》しいです」

「は？」

不意に微笑《ほほえ》むルシアに、ミコトは疑問の声を発した。

「ミコトさん、素を出したらそういう口調になるんですね」

「口調……？」

「お前、と呼んでくれました」

それの何が嬉《うれ》しいのかサッパリ分からなかった。

けれど、ルシアは本当に嬉《うれ》しそうに微笑《ほほえ》みながら、真《ま》っ直《す》ぐミコトを見つめる。

「ミコトさんが自分を曝《さら》け出《だ》してくれましたから、私もお礼に自分のことをお話しします」

ルシアは静かに語り出した。

「この学園には、不思議な力を持つ人がたくさんいますよね」

「……ああ」

「私には、そういう力がないんです」

まるで致命的な欠点、或《ある》いは汚点のように、ルシアは言う。

「本当に何もないんです。頭脳も膂力《りょりょく》も人並みですし、病気になることもあれば、怖くて怯《おび》えることもあります。身体《からだ》も心も平凡な女……それが私の正体です」

ルシアは知らない。超常の力を持っていないのはミコトも同じであることを。

だが、ミコトにとってそれは予想外だった。あれほどの求心力、あれほどの精神力……きっと彼女も何か特別な力を持って生まれたのだろうと思っていた。

「……何の力もないのに、あんなに堂々と人を率いているのか？」

「平気なフリをするのは得意なんです。凡人なりに、色々と努力してきましたから。……それでも、私には生まれつき人より秀《ひい》でているものがありません」

ルシアが視線を下げる。

「ただし……人より劣っている部分はあります」

そう言ってルシアは、唐突に制服の襟元を下げた。

コンマ一秒、色仕掛《いろじか》けを疑ったが、その手の耐性もあるミコトは動じない。

ルシアが見せたのは、胸の中心。

そこには――黒々とした亀裂が走っていた。

「なんだ、それは……」

「私は生まれつき、呪いに蝕《むしば》まれています」

黒い亀裂に触れながら、ルシアは言う。

「周りの人たちが感じている痛みを、自分も同じように感じる。そういう呪いです」

他人の痛みを、自分の痛みのように感じてしまう。……そういうことだろうか。

どうしても疑念を拭えなかった。そんなミコトの心境を察してか、ルシアは服を正した後、振り返ってこちらに背中を見せる。

「私は後ろを向いていますから、ミコトさんは自分の身体《からだ》を軽く傷つけてみてください。引《ひ》っ掻《か》くとか、つねるとか、その程度で充分ですから」

ルシアの背中を見つめながら、まずは手の甲をつねってみる。

つねった皮膚から軽い痛みを感じた。

「右手の甲」

瞬時に、ルシアは告げる。

次は左腕の手首を引《ひ》っ掻《か》いてみた。

「左手首」

これもまたすぐに当てられる。

色々試してみることにした。爪を食い込ませたり、叩《たた》いたりして、軽い痛みを引き起こす。

「首筋……頭頂部……二の腕……太腿《ふともも》……舌……髪……」

全て正解だった。

俄《にわか》には信じがたい。だがこれはもう、受け入れるしかない。

「もういいのですか？」

「……ああ」

こちらを振り返るルシアに、首を縦に振る。

どうやら呪いの話は本当のようだ。

「私はこの呪いを、【傷の共感】と呼んでいます」

ルシアは淡々と告げる。

「生前、私はこの呪いによる痛みを少しでも楽にしたくて、人がいない安全な地へ逃げようとしました。しかしどこに行っても痛みが消えることはなかったので、次は痛みに苦しんでいる人を自分から助けることにしたんです。……一人、また一人と治療することで、私自身も痛みを感じなくなりました。そうやって、ひたすら誰かの痛みを取り除いていくうちに、私はいつの間にか聖女と呼ばれるようになったんです」

そう言ってルシアは、真《ま》っ直《す》ぐこちらを見る。

「私はこれを、学園でもやっているだけです」

生前の行いも、今の行いも、変わらない。

ルシアの行動理念は、ずっと一つだけ──。

「どうして、そんなに誰かを助けようとするのか。その質問に答えましょう。……私が、困るからですよ」

ルシアは自嘲気味に笑った。

「私が痛いんです。私が苦しいんです。私が辛《つら》いんです。だから、私が助けるんです」

誰もが痛みを感じないように、ルシアはこの学園でも努力していた。

その理由は、自分が痛みを感じたくないからだった。

「……今までも、ずっと痛みを感じていたのか？　気高さの試験の時も……」

「はい。誰かが橋から落ちる度に、私も一緒に痛みを感じていました。でも平気です。あのくらいの痛みには慣れていますので、表には出しません」

平気なフリをするのは得意なんです──先程ルシアが言っていたことだ。

彼女が一体どれほどの痛みを経験してきたのか、もはや想像すらできない。生前で英雄と呼ばれていた者たちが絶叫するほどの痛み……それをルシアは、まるで何事もなかったかのように我慢することができる。

ルシアは、痛みに慣れすぎている。

「このことは他の人には話さないでください。皆さん……聖女派の方々に余計な影響を与えたくありませんから。……聖女派という組織は私にとって都合がいいんです。集団を作り、助け合いの精神を保ち続ければ、それだけで多くの人から痛みを取り除くことができます」

聖女派を自称することに抵抗があるのか、ルシアは微《かす》かに言い淀《よど》んだ。

学園の生徒たちが、痛みを感じる切っ掛けを潰す。それがルシアの目的だったのだろう。

聖女派にいれば他の人たちと協力関係を築くことができる。皆で試験を有利に進めるということは、余計な傷を負うリスクを減らすということだ。

「……それでも、いつかは皆死ぬ。痛みは避けられないんじゃないか？」

「そうですね。だから私は、痛みを先送りにしているだけです」

己の心の弱さを吐露するように、ルシアは視線を下げて言った。

身体《からだ》も心も平凡。その言葉に偽りはないようだ。

平気なフリはできる。でもちゃんと苦しんでいる。痛い、辛《つら》い、だから……意味がなかったとしても彼女は痛みを遠ざける。

心が強くないから、目の前の現実を受け入れられない。

「軽蔑しましたか？　私は結局、自分のことしか考えていません。私はただ、私が苦しみたくないから誰かに手を差し伸べているだけなんです」

改めてルシアは自嘲する。

「心だけは正しくありたいなんて……大嘘《おおうそ》です。私は、心だけは正しくないのですから」

表向きは正しいことをしていても、それは本心からの行為ではない。

だから、心が正しくないと言っているのは分かる。

でも――――。

「……違う。そんなことはない」

ミコトが否定すると、ルシアは顔を上げて目を瞬《まばた》かせた。

「ルシアのおかげでどれだけの人が救われたのか、僕は想像もつかない。気高さの試験も、賢さの試験も、ルシアがいたからあそこまで多くの生徒が合格したんだ」

決して、ただの慰めの言葉なんかではなかった。

ミコトだけではない。一組の皆が同じことを言うだろう。

最初は誰もが徒党を組むことに懐疑的だった。しかしいざルシアを中心に仲間という関係を築いてみると、皆が納得した。ああ、やはり自分は生き残りたかったのだと。そしてそのために仲間を作るのは悪くないのだと、皆が考えを改めた。

誰もが疑心暗鬼になりかけていた時、ルシアは一筋の光のように進むべき道を示した。

ルシアは、光だ。ミコトにとって、この学園にとって――。

「ルシアの境遇も、ルシアの目的も、関係ない。誰かを助けることは、正しい行為なんだ。そしてそれは……僕には、で、き、な、か、っ、た、こ、と、だ」

拳を握りしめて、ミコトは言う。

そんなミコトを見て、ルシアは微《かす》かに唇を引き結んだ。

「私の呪い、【傷の共感】が感じ取るのは、外傷だけではありません」

ルシアは優しい目つきで、ミコトの胸の辺りを見た。

「私は、心の痛みも共感します」

「心の……？」

「あくまで感じるのは痛みだけですから、心を読むようなことはできませんが」

一言補足してから、ルシアは続ける。

「貴方《あなた》と初めて会った時のことを、私は今でも鮮明に覚えています」

初めて会った時のこと――。

それは、教室で顔を合わせた時のこと――ではない。

入学式が終わった後。一人で校舎を眺めている時に、ルシアと出会った。あの時、ルシアは何かを言いたそうだったが、途中で唇を引き結んでいた。

「ミコトさん。貴方《あなた》からはずっと、とてつもない心の痛みを感じています。その暗くて深くて耐え難《がた》い絶望は、私が今まで感じてきた痛みとは一線を画します」

ルシアは真っ直《ます》ぐミコトを見つめた。

「貴方《あなた》の痛みは、今も私の心に響いています」

ルシアは胸の辺りを押さえて言う。

心も苦しさを訴えるかのように――。

「貴方《あなた》は一体、どんな人生を歩んできたのですか？」

胸を押さえるルシアの問いに、ミコトは思い出した。

己の、罪に塗れた半生を――。

◆

その組織のことを、ミコトは最後まで深く知ることはなかった。

知っていることはそれほど多くない。大昔に日本のとある政治家が、多額の私財を費やして特殊な人材育成組織を作ったこと。その組織は社会から隔離された山奥にあること。その組織では、表ではなく裏の社会で活躍する人間が育てられること。

幼少期、ミコトはその組織に買い取られた。

うろ覚えだが、母親が対価である金を受け取って上機嫌だったことは覚えている。

組織に入ったミコトは、まず様々なテストを受けた。その結果、頭脳労働ではなく肉体労働に適性があると判断され、それからはひたすら身体《からだ》を鍛える日々だった。

非人道的な教育だったと思う。最初の一年は、同い年くらいの子供たちと一緒に狭い密室に閉じ込められ、食べ物と飲み物を奪い合うよう指示された。食べ物はいつも一人分しか用意されておらず、途中で餓死した子供は数え切れない。

二年目になると、午前中は武器の使い方を教わり、午後は一年目と同じことを今度は山の中で行った。二年目は武器が解禁されたため少し手こずったが、それでも生き残った。……生きるために、何の疑問も持たずに同世代の人間を殺し続けた。

三年目になる頃、同い年の子供たちが情報部員——俗に言うスパイになる中、ミコトはもっと純粋で、単純な仕事の専門家になるよう指示された。

即《すなわ》ち、殺し屋である。

この頃には多少口が利《き》けるようになっていたので、ミコトは近くにいた大人に、どうして自分だけ殺し屋なのか質問した。……この数年で、組織にとって予想以上の成果を出し続けたからか、大人たちはミコトに対してのみ少しだけ優しかった。

『それは貴方《あなた》の脳味噌《のうみそ》が一番単純だったからよ』

この時、質問に答えてくれた女性が、後に師匠と呼ぶようになる人であることを、当時のミコトはまだ知らない。

『単純な行動を、単純な気持ちのまま実行するのって、意外と難しいのよ？　ほとんどの人は不安や恐怖から必要以上に複雑な気持ちを抱いてしまう。そういう人にはスパイの進路が勧められるの。スパイは逆に、複雑な気持ちがないと上手《うま》くいかないからね』

要約すると、お前は貴重な人材なのだ……ということになるが、それが適当なお世辞なのかどうかは今となっては知る由《よし》もない。

初めての実戦投入は八歳の頃。臓器売買のために入国したブローカーの外国人を殺した。ミコトはコンテナに積まれた商品のフリをしながらブローカーに近づいた。

初任務が成功してからは、数か月の訓練と一度の実戦を交互に行うようになった。

スパイと違って殺し屋の実戦は、終わる時は一瞬で終わる。標的に近づいてサクッと殺して撤退するだけだ。直接手を下すのは自分だけだが、背後には組織がついているため、証拠隠滅の後始末は手伝ってもらうことが多かった。

『え〜、私の新しいバディ……こんな子供なの？』

十歳になる頃、後に師匠と呼ぶようになる女性と再会する。前回はあちらが教導員でこちらが生徒だったが、今回はバディの顔合わせという名目で再会した。

組織の殺し屋は、困難な依頼には二人一組で臨むようにしていた。この二人一組を組織内ではバディと呼んでおり、ミコトは例の女性と組むことになった。だが最初、その女性は嫌がったし、その反応を見てミコトも嫌がった。

しかし、蓋を開けば——彼女の殺し屋としての腕は凄《すさ》まじかった。

きっと心を開いたのは二人同時だったのだろう。ミコトは彼女の実力を目《ま》の当《あ》たりにした瞬間気を許したし、どうやらあちらにとってもミコトの腕前は『化け物の蛹《さなぎ》を見ているようで気味悪い』と表現するくらいには悪くなかったらしい。

『貴方《あなた》をバディとして認めてあげてもいいわ。でも上下関係はしっかりしないとね』

『はぁ。どうすればいいんですか？』

『そうね……私のことを師匠と呼びなさい』

その後、ミコトは師匠のもとでたくさんの仕事をこなした。

表では裁けない売国奴を裏の人間が処理する。それが組織の存在意義だと知ったのは、師匠とバディを組んでしばらく経《た》った頃だ。世に蔓延《はびこ》る悪を、私利私欲で肥える豚どもを、殺して、殺して、殺し続けた。

そんなある日。任務が終わった後、師匠は偶々《たまたま》道端で迷子になっている子供を見つけ、一緒に両親を探してあげた。

師匠は困っている人を見過ごせない性格だった。老人が重たい荷物を持っていたら必ず代わりに持ってやったし、財布が落ちていたら必ず交番まで届ける。

そんな師匠のことが、ミコトは不思議だった。

『何故《なぜ》、そんなことをするんですか？』

自分たちは、人殺しなのに——。

そんなことをしても、自分たちが他者から受け入れられることはない。

『ミコト。私たちは間違った生き方をしているわ』

師匠は、街中をぐるりと見渡して言った。

『だからせめて、心だけは正しくありたいじゃない？』

振り返って優しく微笑《ほほえ》んだ、その時の師匠の顔を——ミコトは生涯忘れることはなかった。

罪滅ぼしではない。現実逃避でもない。己の凄惨な立場を受け入れ、その上でなお心だけは正しくあろうと努力する彼女の生き様は、とても尊くて——幻想的だった。

この日を境に、ミコトも師匠と同じように、困っている人を助けるようになる。……大体この辺りがミコトにとって一番幸せな時期だった。気づけば師匠に対する敬語も消えて、ただの仕事仲間とは言えないくらいの親しい間柄になったと思う。

だが、バディを組んでから二年が経過した頃。組織の方向性が変わり始めた。

元々この組織はとある政治家が作り、彼が死んでからもその一家が運営していた。しかし昨今の経営状況の悪化を受け、組織の上層部が丸ごと入れ替わったらしい。結果、従来と違って利益主義の組織になった。

非合法の組織が利益主義に走ったら、どうなるか。

金さえ貰えばなんでもやる組織になるのは、火を見るよりも明らかだ。

『師匠。この人は本当に、殺すべき人間だったのか？』

任務が終わった後、ミコトはこう尋ねる回数が増えた。

『ミコト。貴方《あなた》は何も考えなくていいわ。………貴方《あなた》はね』

師匠はいつもそう言って誤魔化していた。

だが、その裏では――組織についてずっと探っていたのだろう。

一人で、ひっそりと、静かに、厳かに――。

『――貴様のバディが脱走した』

ある日、上官の男からそう告げられた。

『え？』

『しかも、組織の人間を殺して脱走した。これは最大の禁忌だ。よってこれから組織の総力を挙げて、脱走者を捜索および抹殺する』

上官の無機的な瞳が、ミコトを睨《にら》む。

『貴様も手伝え』

拒否権のない命令だった。

師匠が脱走した理由は分かっている。組織の新たな方向性を受け入れることができず、再起も叶《かな》わないと悟って、せめて元凶となる人物たちを殺したのだ。

ミコトは任務に従うフリをして、師匠を捜した。

半年後、雪に覆われた北方の山で、遂《つい》に師匠を見つける。髪も衣服もボロボロだが、真っ直《ます》ぐな背筋と、凜《りん》とした目の輝きは相変わらずだった。

『師匠！』

『……ミコト？』

幸い周りに組織の人間はいなかった。

だからミコトは、すぐに手を差し伸べる。

『師匠！　一緒に逃げ――』

――ここで意識が途切れた。

何が起きたのか、全く分からなかった。

辛《かろ》うじて頭に入ってきた情報は音だけだった。金属のぶつかり合う激しい音。誰かの悲鳴と声援、それから怒声、荒れた吐息。

目が覚めた時、ミコトは師匠の膝に頭を乗せていた。

全身が鉛のプールに浸《つ》かっているかのように重たかった。

そして、師匠は――。

『え……は、あ…………？』

『あら、やっと目が覚めたのね』

生暖かい血がミコトの頬を濡《ぬ》らしていた。だがこの血は、ミコトのものではない。

ミコトの全身が、返り血で赤く染まっていた。

『いい、ミコト？　落ち着いて聞きなさい。貴方《あなた》は組織に暗示をかけられていたの。それもとびきり強力なやつをね』

『師匠……血が、血が、こんなに……っ!?』

『組織は最初から、私たちをまとめて始末したかったみたいね。……貴方《あなた》、自殺志願者みたいに何度も特攻してくるんだもの。まったく、私の唯一の弱みを突いてきたわね』

『だ、駄目だ……これ以上、喋《しゃべ》っちゃ……っ』

師匠は喋《しゃべ》りながら、大量の血を吐き出す。

師匠の身体《からだ》は傷だらけだった。

なのに、ミコトの身体《からだ》は――傷一つついていなかった。

暗示をかけられて暴走したミコトを、師匠は最後まで労《いたわ》ろうとしたのだ。話を聞く限り、暗示にかかったミコトは単調な特攻を繰り返していたのだろう。その程度なら、師匠がその気になればいくらでも撃退はできたはず。なのにそれをしなかったのは――師匠だからだ。師である自分の身よりも、弟子を大事にしてしまったからだ。

不甲斐《ふがい》なさでいっぱいになったミコトは、涙を流した。

そんなミコトに師匠は微笑《ほほえ》む。

『ミコト。生まれ変わったら何をしたい？』

師匠が空を眺めながら尋ねる。

もう意識が朦朧《もうろう》としている。焦点が定まっていない。

助からないという現実を受け入れて、師匠は何気ない会話を交わそうとしていた。

恐らく最後となる、師匠と弟子の他愛もない会話を……。

『青春を謳歌《おうか》するのはどうかしら？　学校とか、行ってみたいんじゃない？』

『……別に、いいよ。どうせ馴染《なじ》めないし』

『無愛想なミコトでも、好いてくれる人はいるかもしれないわよ？　私みたいに』

ミコトは小さく笑った。

師匠みたいな人が、学校なんかにいるわけがない。

『……師匠はどうなのさ。生まれ変わって、やってみたいことはあるのか？』

『私？　私は、そうね。生まれ変わったら、今度こそ本当の正しい人になりたいわ』

心だけではなく、本当の意味で、全てが正しい人に。

師匠はなりたいと言った。

『じゃあ僕は師匠を手伝うよ』

『駄目よ。そんなの、勿体《もったい》ないわ』

勿体《もったい》ない？　と首を傾《かし》げるミコトを、師匠は慈悲深い眼《め》で見つめた。

『ミコト、貴方《あなた》は立派に育ったわ。組織でも、貴方《あなた》を超える逸材はもう二度と現れないでしょう。……だからこれからは、私の背中を追う必要なんてない。私の手伝いじゃなくて、貴方《あなた》自身が正しい人を目指すのよ』

『僕自身が……?』

『ええ。だって、そうすれば私と貴方《あなた》で、二倍正しいことができるじゃない』

それは事実上の、バディ解散の宣言だった。

だが、この上なく前向きな解散だった。半人前だったミコトは一人前になり、これからは肩を並べて活動できるだろうと師匠は判断したのだ。

『一緒に、思い描きましょう? そんな、夢みたいな未来を……』

果たして、師匠は言いたいことを全て言えたのだろうか。

それ以上――師匠が喋《しゃべ》ることはなかった。

きっと師匠は最後に、希望を与えたかったのだろう。

これから先の、生きる指標となるような何かを。それさえあれば、ミコトという人間は絶望の坩堝《るつぼ》に落ちないだろうと思って。

だが、ミコトは歯を食いしばった。

『……師匠。貴女《あなた》は、大事なことを見落としている』

ポタポタと、涙が地面を濡《ぬ》らした。

『僕は……貴女《あなた》が思っている以上に、貴女《あなた》のことが大切なんだ……っ』

涙で視界が滲《にじ》む。

失って気づいた。自分にとって生きる希望は師匠そのものだったのだと。それは他の何かで代替できるものなんかではなく、失えば立ち直れないほどの絶望が到来するのだと。

拳を握り締めようとすると、硬いものに触れた。

ナイフだ。師匠から貰《もら》った大切な武器だった。これを見る度に、師匠から『心だけは正しくありたいじゃない？』と言われたことを思い出した。

決して……師匠を殺すためのものではなかった。

『師匠』

ナイフの刀身を首筋にあてる。

『貴女《あなた》がいない人生なんて、意味がない』

ナイフを引き、噴き出た鮮血がアーチを描いた。

これが、ミコトの人生。

生前の記憶――。

『おや、来ましたか』

そしてここからは――死後の記憶。

案内人というらしいスーツを着た男は語った。ここは神様を決めるための学園で、自分はその生徒に選ばれたのだと。

……学園。

脳裏で師匠との会話が蘇《よみがえ》った。青春を謳歌《おうか》するのはどうか。学校に行ってみたいんじゃないか。あの時は首を横に振ったが……これが生まれ変わりの人生だとしたら、ちょっと勇気を出してみてもいいかもしれない。

そして、その中で正しい人を目指そう。

学生生活も悪くない。なんてことを思っていたら――。

『貴方《あなた》は、粛正者《パージ》です』

刹那の夢が、儚《はかな》く散る。

結局、与えられた役割は人殺し。生前と何も変わらない。

重たい現実が夢を押し潰した。

『点数《スコア》を稼げば願いを叶《かな》えることができます』

だが、そのルールだけは新たな希望だった。

願いを叶《かな》えられるなら、師匠を蘇《よみがえ》らせることができる。――その結論に至った瞬間、ミコトの頭から学校とか青春とか、そういう下らない夢物語は弾《はじ》き出《だ》された。

淡い願望だった。こんな血に塗れた人間が、人並みに青春を謳歌《おうか》しようなど……。

この瞬間からミコトは決めた。自分は師匠を蘇《よみがえ》らせるための機械になるのだと。

ただし、もし師匠が蘇《よみがえ》るなら……ちゃんと師匠との約束は守り続けなければならない。だって、蘇《よみがえ》った師匠には笑ってほしいから。必死に頑張った自分を褒めてほしいから。だから、師匠に言われた通り、心だけは正しくあり続けなければと思った。

師匠との約束を守りながら、師匠を蘇《よみがえ》らせることだけを考える。そう決意した。

なのに。なのに、なのに、なのに――――。

『せめて心だけは正しくありたいのです』

今度は、師匠と同じ言葉を口にする少女が現れた。

折角、師匠を蘇《よみがえ》らせることだけを考えると決意したのに……思考が鈍った。彼女のことを考えるとどうしても心が揺らぐ。絶対的だと思っていた優先順位が狂ってしまう。

彼女を見殺しにすることはできなかった。……少女の心の中に、師匠がいるような気がしたのだ。彼女が死ぬと、自分はまたしても師匠を失うような気がした。

でも、それだけじゃない。

己の人生を振り返って、理解した。

葉月尊《ハヅキミコト》が、彼女に抱いている気持ち。その正体は――――。

◆

「ミコトさん？」

ルシアに名を呼ばれ、深く潜っていた思考が浮上する。

「……泣いているのですか？」

そう言われ、ミコトは自身の頬に触れた。

透明な涙が手の甲を濡《ぬ》らす。いつの間にか、泣いていたらしい。

（……ああ、そういうことか）

目元を手で拭いながら、胸中にある感情を直視する。

眼前に佇《たたず》む少女……聖女ルシア。この学園に来てから、一体どれほど彼女に心を掻《か》き乱《みだ》されただろう。その理由が今、ようやく分かった。

（僕は……お前が、羨ましかったんだな……）

本当は、今度こそなりたかったんだ。

師匠と一緒に目指していた、正しい人に――。

困っている人がいたら必ず助ける、正義の味方に――。

でも、それは叶《かな》わなかった。

人を殺し続ければ、いつか師匠を蘇生《そせい》できるという立場を用意され……挫《くじ》けた。正しい人になることではなく、師匠を生き返らせることを優先した。

なのに、そう決意した矢先、いきなり師匠みたいなことを言う少女が現れたのだ。

その少女は、こんなイカれた学園の中でも、常に多くの人を救おうとしていた。

彼女こそが――自分がずっとなりたかった正しい人だった。

「……ルシア。やっぱりお前は、心の底から正しい人だよ」

涙を拭ってミコトは言う。

「気高さの試験で、自分から落ちただろう？　痛みを避けたいだけならあそこまでしない」

「それは……」

ルシアは自分のことを、今この瞬間の苦しみから解放されるためだけに人を助けている愚か者だと表現していたが、それなら橋から落下するのは本末転倒だろう。

あの時、ルシアは……自分が苦しんででも、仲間を助けようとした。

「ルシアはただ、自分の行いに後ろめたさを感じていて、それを誰かに吐き出したかっただけだ。……心が平凡なのは本当のことみたいだけど、その心は決して間違っちゃいない」

心が弱いから、罪悪感を一人で抱え込むことができず、こうして吐き出してしまった。

でも、そこで罪悪感を覚える時点で、やはり彼女は生粋の善人なのだ。

（僕は…………いいや）

正しい人になりたかった。けれど、もういいと悟る。

何故《なぜ》ならここに、ルシア＝イーリフィーリアという本物の正しい人がいる。

度が過ぎた博愛主義。困った人を決して見過ごさない人格。師匠と同じ信念の持ち主。

彼女がいるなら――自分は譲ってもいい。

「ルシア。僕の人生を、お前が知る必要はない」

貴方《あなた》は一体、どんな人生を歩んできたのですか？　――その問いに答える。

「でも、約束するよ。僕はお前の味方だ」

ルシアは目を見開いた。

まさか、味方になってくれるとは思ってもいなかったかのように。

「……私が神様になったら、この身に刻まれた呪いを解除したいと思います。そして今度こそ自由な人生を満喫するんです」

ルシアは己の願いを吐露する。

「ちっぽけな願いですよね。本当に、どこまでいっても自分のことしか考えていない愚かな女です。……そんな私でも、貴方《あなた》は支えてくれると言うのですか？」

「ああ」

ミコトは即答した。

「お前が正しい心を持つ限り、僕はお前を護《まも》ってみせる」

◆

ルシアとの会話が終わった後、ミコトはラウンジにではなく寮の自室に戻った。

「ミコト様、お帰りなさい！」

元気よく挨拶するパティの脇を通り過ぎ、ミコトはテーブルの上を片付けた。

大雑把にスペースを確保した後、上着を脱ぐ。

「パティ。装備の点検を手伝ってくれ」

「て、点検ですか？」

「やり方は教える。……これから何度もやってもらうことになるから、覚えてくれ」

最初にテーブルに置いたのは、一振りのナイフだった。

イクスを殺したこのナイフこそが、生前、師匠から贈られたものであり……そして師匠を殺した武器だ。この世界に来る時、衣服一式とこの武器だけは最初から持っていた。

それから、取り寄せカウンターで注文していた小道具をテーブルに並べる。ワイヤーやスタンガンなど、まだ使っていない武器は山ほどあった。

「ミコト様、何かあったんですか？」

「……どうして？」

「その、とても機嫌がよさそうなので……」

道具を整理するミコトの手が止まった。

まだ僅かしか時を共に過ごしていないが、あっさり気持ちを見透かされたらしい。

機嫌がよさそうに見えるのは、腹を括《くく》ったからだ。

やるべきことを決めたからだ。

「パティ、僕はこれから好きに生きるよ」

真《ま》っ直《す》ぐパティを見て、ミコトは告げる。

「だからもしかすると、粛正者《パージ》としては相応《ふさわ》しくない行動もするかもしれない。……それでも僕の力になってくれるか？」

そんなミコトの問いに、パティは少し驚いた様子を見せたが、すぐに頷《うなず》いた。

「勿論《もちろん》です。以前もお伝えした通り、私は粛正者《パージ》の味方ではなく、ミコト様の味方ですから」

いつも気弱なパティが、真剣な表情を浮かべて言う。

「それに、ミコト様は少し勘違いしているかもしれません」

「勘違い？」

訊《き》き返すと、パティは頷《うなず》いた。

「ミコト様は、粛正者《パージ》がどうやって選ばれたと思いますか？」

「……さぁ。腕のいい殺人鬼を、適当に選んだんじゃないか？」

表の生徒――神様候補として選ばれた生徒は、きっと生前に成し遂げた偉業の規模で選ばれているのだろう。でなければ国とか世界を救った英雄が、こんなたくさん集まるわけがない。

一方、粛正者《パージ》はどうやって選ばれたのか。

それについて考えたことはなかったが、自分が選ばれた時点で大凡《おおよそ》の予想はついていた。

人を殺すことが精神的にも技術的にも得意で、隠密《おんみつ》行動にも慣れている。そういう人間が粛《パ》正者《ージ》に選ばれたのではと思ったが――。

「違います。そうじゃないんです」

パティは首を横に振った。

「粛正者《パージ》はただの殺人鬼ではありません。生前、誰よりも正義に餓《う》えており……しかし道半ばでその手を汚してしまった、悲しい人たちなんです」

痛ましい悲劇を語るかのように、パティは静かに言った。

「神様はちゃんと見ています。粛正者《パージ》の皆様が、かつて抱えていた理想の尊さを。……だからミコト様はこの学園に招かれたんです。私たち天使もそれを知っているからこそ、粛正者《パージ》の皆様をただの殺人鬼とは全く思っていません」

確かに、ミコトには理想があった。

だがそれは、他の粛正者《パージ》たちも同じらしい。

「粛正者《パージ》の中に、私利私欲で人を殺すような悪人は存在しません。それゆえに、皆さんには大きな裁量が与えられています。現行犯で粛正できるのもそれが理由です」

アイゼンは言っていた。……粛正者《パージ》は自らの信念に基づいて動くだけでいい。それがこの学園のためになるはずだと。

あの言葉の意味が分かった。アイゼンは、粛正者《パージ》たちの選ばれた理由を知っていたのだ。

今……ようやくミコトは、粛正者《パージ》の真の役割を理解した。

　粛正者《パージ》には、違反者を処理するという使命がある。だが本当に期待されているのは、淡々と仕事をこなすことではなく、粛正者《パージ》たちが独自に行動することで生まれる自浄作用だ。

　この、英雄たちの集団という混沌《こんとん》とした環境に、神様お墨付きの特別な信念を抱く粛正者《パージ》という異分子を加え、より良《よ》い化学反応が起きることを期待している。それが神様の真意だ。

「だから、ミコト様はミコト様の正義を貫いてください。神様もそれを望んでいます」

　パティはこれを神様の信頼と解釈しているのか、純粋無垢《むく》な眼《め》でミコトに言うが、ミコトからするとこれはそんな生易しいものではない。

　どうやら神様は、最初からこの学園を綺麗《きれい》に運営するつもりはないようだ。試験とか授業とか、一見厳格な規則があるように匂わせておきながら、その裏では粛正者《パージ》という異分子を利用して場を掻《か》き乱《みだ》すことを企てている。

　その結果起きる化学反応が必ずしも良《い》いものとは限らないだろうに。……神様なんて仰々しいものを生み出すためには、そのくらい大胆な考えを持たなければならないのだろうか。

「……結局、掌《てのひら》の上か」

　自分が何を思おうと、神様の掌《てのひら》の上であることに嫌悪《けんお》感を抱く。

　だが同時に安堵《あんど》した。

　それは、つまり――何をやってもいいのだと神様から許されたようなものだった。

（……師匠）

心の中で、最愛の女性のことを思い出す。
僕は貴女《あなた》を助けるために全てを捧《ささ》げたかった。
でも、どうやらこの世界には、護《まも》らなくちゃいけない人がいるみたいだ。

正しい人になりたかった。
でも、どうやら自分にはまだ難しいようだった。
だから、代わりに護《まも》ることにした。

どれだけ手を汚してもいい。
葉月尊《ハヅキミコト》は、正しい人《ルシア》を護《まも》る。

第五章

願い

The Classroom to Select God

ルシアの生前について聞いた、三日後。

『──試験が始まります。生徒の皆さんは速やかにグラウンドへ移動してください』

空から声が聞こえる。

丁度、最後の授業が終わってこれから放課後といったところだった。肩の力を抜いていた生徒たちが、気を引き締めてグラウンドへ向かう。

広大なグラウンドに全校生徒が並んでいた。今回の試験はクラスごとではなく、全生徒が同時に行うものらしい。

生徒たちの前に、筋骨隆々の男が現れる。

「試験官のジャイルだ。運動学の授業ぶりだな」

まだ一度しか受けていない運動学の授業の教師だった。

初回の授業では、いわゆるスポーツテストを行った。粛正者《パージ》としてできるだけ警戒されたくなかったミコトは適当に手を抜いたが、恐らく他の生徒も全力を出していなかったので、あのテストで実力は測れない。

「さて、今回はちょいと厳しい試験になるぜ」

ジャイルは集まった全校生徒に向かって言う。

「今回は、強さの試験。その名も――《キングダム・ゲイザー》だ!!」

ジャイルが宣言した直後、頭上から巨大な影が下りた。

急に辺りが暗くなり、思わず空を仰ぎ見ると――。

「なんだ、あれは……!?」

「……ドラゴン？」

グラウンドの上空を、無数の化け物が飛んでいた。

鱗《うろこ》に覆われた体躯《たいく》、巨大な翼と尾、鋭い爪と牙。

ドラゴン――地球では架空の存在として扱われていた、恐ろしい生物だ。

「ルールは五つ。それぞれ丁寧に説明していくぜ」

ジャイルは一本ずつ指を立てて説明を始める。

「①生徒は五人一組のチームになること。
②チーム内で役割を分担すること。役割は、王《キング》が一人、猟師《ハンター》が二人、騎士《ナイト》が二人だ。
③猟師《ハンター》の生徒がドラゴンから逆鱗《げきりん》を奪うことで、チームの生存者が全員合格となる。
④ドラゴンは王《キング》を狙う。王《キング》が死んだらチーム全員が不合格だ。だから騎士《ナイト》は王《キング》を護《まも》れ。
⑤試験は前半と後半に分かれ、切り替わるタイミングで王《キング》以外の役割を再設定できる。
……以上だ。質問はないか？」

一通りの説明が終わると、ウォーカーが手を挙げた。

「試験中に死亡したら不合格扱いになるのでしょうか？」

「そうだ。③で説明した通り、逆鱗《げきりん》を奪った時点で生存しているメンバーが合格となる」

「ではもう一つ訊《き》かせてください。猟師《ハンター》も騎士《ナイト》と同じように、王《キング》を護《まも》るポジションについていいんでしょうか？」

「問題ない。だが、ドラゴンから逆鱗《げきりん》を奪う役割は猟師《ハンター》だけだ。防衛ばかりじゃ合格できないぜ？」

騎士《ナイト》が逆鱗《げきりん》を奪っても意味はないということだ。

となればやはり、できるだけ猟師《ハンター》には逆鱗《げきりん》を奪うことに集中してもらいたい。

「制限時間はないのでしょうか？」

「前半と後半でそれぞれ一時間ずつだ。この二時間内に逆鱗《げきりん》を取れなければ失格となる」

セシルの問いに対しジャイルは、そんなに長く粘れるものなら粘ってみろと言わんばかりの不敵な笑みを浮かべる。

前半と後半で条件が違う。そこも考慮しなければならない。

「禁止事項は、王《キング》がドラゴンと直接戦うことだ。攻撃も防御も戦いとみなす。王《キング》ができるのはチームへの指示出しだけだな」

その禁止事項を聞いて、ミコトの脳裏に浮かんでいた作戦の一つが潰れた。

多分、皆考えていただろう。……戦いの矢面に立つ猟師《ハンター》と騎士《ナイト》が行動不能に陥っても、王《キング》がひたすら逃げ続ければ、再起のチャンスはあるかもしれないと。

だが今の禁止事項があるなら、猟師《ハンター》と騎士《ナイト》が全滅した時点で詰みだ。王《キング》には身を守る術がない。王《キング》は、常に誰かが傍《そば》にいて護《まも》らねばならない。

リーン、と鈴の音が頭に響いた。

粛正者《パージ》にだけ聞こえる警告の音。……この試験、ミコトも自力で合格しなければならない。

「じゃあ早速、チームを作ってくれ。五分後に試験を始めるぜ」

ジャイルがそう言った瞬間、生徒たちは急いでチームを作り出す。

他のクラスが焦《あせ》る中、一組の生徒たちはまずルシアのもとへ集まった。

「全員、気兼ねない相手と組みましょう」

ルシアは端的に告げる。

「五分しかないなら相性を確かめている暇はありません。それに、いざとなれば複数のチームで協力すればいいだけです」

そう言ってルシアは、ジャイルの方を見る。

「ジャイル先生。チーム同士の協力は、禁止事項ではありませんよね？」

「ああ、その辺は自由だぜ」

となれば、ルシアの言う通り――いざという時はチームの垣根を越えて協力すればいい。

クラスメイトたちは次々とチームを作っていった。

「じゃあまず、この三人で決定だな」

ライオットが近づいてきて、ミコトとウォーカーの方を見る。

「賛成だ」

「二人とも、よろしく」

ウォーカーに続いてミコトも首を縦に振る。

「残り二人も早々に見つけておきたいところだが……」

ウォーカーが周りにいる生徒を見る。

今回の試験は全クラスが同時に行う。そのためチームメイトは別に他クラスの生徒でもいいが、できれば気心の知れた相手——聖女派で固めたい。

賢さの試験を経て、聖女派とまではいかないが、聖女派に入りたそうにしている他クラスの生徒がいることは知っている。しかし今、彼らを見極めて選ぶのは厳しい。

(王女派は……)

もう一つの派閥の様子を窺《うかが》う。あちらも一箇所に固まっているため居場所はすぐ分かった。人集《ひとだか》りの中心で何やら指示を出している王女エレミアーノが、一瞬こちらを見る。ミコトはすぐに視線を逸《そ》らした。……なかなか勘が鋭いようだ。

その時、遠くからでも目立つ美しい銀髪の少女がこちらに歩いて来た。

「私をこのチームに入れてもらってもいいですか？」

聖女ルシアが、ミコトたち三人を見て言う。

「構わないが、俺たちでいいのか？　ルシアなら他にも選び放題だろう？」

そんなウォーカーの問いに、ルシアはミコトを一瞥《いちべつ》した。

ミコトは何も言わない。だが視線の意味は分かっていた。

──私を護《まも》ってくれるんですよね？

勿論《もちろん》だ。

小さく頷《うなず》くと、ルシアは微《かす》かに安堵《あんど》の笑みを零《こぼ》す。

「ここでお願いします。このチームが一番信頼できますから」

ルシアがチームに加わった。

「んじゃ、あと一人か。誰か余っている人を探さねぇとな」

試験の恐ろしさを体験しているからか、他の生徒たちも迅速にチームを組んでいた。

一人で行動している人物はいないか捜していると、ルシアが歩き出す。

「ナッシェさん。一人ですか？」

「あ、ルシアさん。えっと、そうです……」

どんな種類の言葉でも理解できる能力の持ち主、ナッシェという女子生徒がルシアを見る。

賢さの試験では活躍した彼女だが、皮肉にもその際に自らの能力が戦闘向きではないことを周りに知らしめてしまった。それゆえに彼女は今、一人でいるのだろう。……或《あ》るいは、本人の大人しそうな性格が原因かもしれないが。

「では私たちのチームに入りませんか？」

「い、いいんですか⁉」

ナッシェが目を輝かせた。

ミコトたち三人も顔を見合わせ、頷《うなず》く。

「あ、ありがとうございます！　その、頑張ります！」

チームが完成した。

ミコト、ライオット、ウォーカー、ルシア、ナッシェ。この五人で、今回の試験を乗り越えなければならない。

「メンバーが揃《そろ》ったところで、役割分担に入りたいが――」

「王《キング》は私がやります」

ルシアは真っ先にそう言った。

「元々、私に戦う力はありませんから、丁度いいです」

「分かった」

ルシアの素を知っているミコトとしても、その選択肢しかないと思っていた。

王《キング》を一番危険な役割と見るか、一番安全な役割と見るかは難しいところだが……。

「あとは猟師《ハンター》と騎士《ナイト》についてだが、ライオットは猟師《ハンター》でいいか？」

「おう！　向いてると思うぜ！」

「よし。なら、もう一人の猟師《ハンター》は……」

ウォーカーがミコトとナッシェを見て、しばらく考える。

「……俺が妥当か」

多分、戦力にならないと判断されたな……とミコトは思ったが、黙っておいた。

猟師《ハンター》は状況に応じて騎士《ナイト》の役割も担《にな》える。戦える人間が猟師《ハンター》になるべきなのは間違いない。

「ウォーカーは戦えんのか？」

「多少の経験はある。……心配するな、足は引っ張らん」

見たところ嘘《うそ》をついているわけではなさそうだ。

「よーし、お前ら！　準備はいいな！」

ジャイルが獰猛《どうもう》な笑みを浮かべ、吠《ほ》えた。

見た目だけでも生粋の武闘派と分かる男だ。とにかく戦いや争いが大好きで、当事者になっても見物人になっても楽しめる性格なのだろう。

「それじゃあ——試験開始だッ!!」

まるで祭りが始まったかのようなテンションで、ジャイルは告げた。

瞬間、上空を飛んでいるドラゴンのうち、三匹が下りてきた。

反射的に身構えるが、狙いは他のチームの王《キング》のようだ。三匹のうち二匹は地面スレスレを飛ぶように生徒たちへ突進し、残る一匹は地面に両足をつけて暴れ出した。

「近づくと、圧巻だな……ッ!!」

ウォーカーが冷や汗を垂らす。

思ったよりも巨大だ。対峙《たいじ》するだけで震え上がりそうなプレッシャーを感じる。

だが、その巨軀《きよく》ゆえに制限もある。

(……グラウンドの広さには限りがある。全てのドラゴンが一斉に下りてくることはないな)

それに、王《キング》を狙うと言っても、全ての個体が餓《う》えた肉食獣のように貪欲なわけではないらしい。空高くには様子見をしている個体もいくらかいる。

「ちっくしょ～、飛んでいる間は俺じゃ手出しできねぇ……!」

化け物退治を生業にしていたらしいライオットだけは、ドラゴンを見ても特に怯《ひる》んでいなかった。ただし攻撃手段がないため頭を悩ませている。

「ライオット、投擲《とうてき》は得意か？」

「ん？　まあ槍《やり》とか斧《おの》ならよく投げてたぜ」

「よし。……【クラフトチェンバー】」

ウォーカーの正面に巨大なルービックキューブが出現する。

赤いブロックが淡く輝いた直後、カランと音を立てて槍《やり》が落ちた。ウォーカーはその槍《やり》を拾ってライオットへ投げ渡す。

「これを投げろ」

「うおお！　助かる！」

「数には限りがあるから無駄打ちはするなよ。それと、お前の能力はデメリットが大きいから使いどころに注意しろ」

「分かってるッ!!」

ライオットはすぐさま槍《やり》を構え、

「おらァ!!」

力強く投げた。

投げた瞬間、ライオットの腕が霞《かす》んで消えた。尋常ではない膂力《りょりょく》で放たれた槍《やり》は、視認が難しいほどの速度でドラゴンの翼に命中する。

だがドラゴンの翼は、何事もなかったかのように槍《やり》を弾いた。

「……硬ぇな」

「……次はもっと鋭利な穂先を作るか」

ライオットの力量に問題はない。恐らく武器の問題であることをウォーカーも気づいた。

「ていうか、今更だけど逆鱗《げきりん》ってどこにあるんだ？」

「顎の下だ。だがどのみち、こちらの手が届く範囲まで近づかなければ——」

猟師《ハンター》たちが逆鱗《げきりん》について話していると、ドラゴンの一匹が接近してきた。

「ミコト！」

「大丈夫ッ!!」

試験官ジャイルが説明した通り、狙いは王《キング》。

ミコトは咄嗟《とっさ》にルシアの身体《からだ》を抱え、大きく飛《と》び退《の》いた。

「ありがとうございます、ミコトさん」

ルシアは淡々と礼を述べる。

ドラゴンに体当たりされそうになっても、その目は恐怖を感じていない。

「……危険だが、やはり王《キング》を餌にしてドラゴンを釣るしかないか」

ウォーカーが複雑な面持ちでルシアを見た。

ルシアを囮《おとり》にする。それしか活路を見出《みいだ》せない。

「私はそれで構いません」

ルシアが覚悟を示した。

「ウォーカー、朗報だぜ」

「朗報？」

「間近で見て分かった。……あのくらいなら多分、止められる」

真剣な面持ちでライオットは告げた。

作戦通り、まずはルシアが無防備に立ってドラゴンを釣る。するとすぐに、上空を飛んでいたドラゴンの一匹が接近してきた。

そこでルシアが立ち去り、入れ替わるようにライオットが立ち塞がる。

ドラゴンの突進を、ライオットは――受け止めた。

「ライオット、お前というやつは……っ!!」

ドラゴンの突進を受け止めた衝撃で、ライオットは二十メートルほど押される。だがその両足は地面につけたままだ。

「今だ！　全員やれッ!!」

亀裂の走った地面を飛び越え、ウォーカーだけでなく多くの生徒がドラゴンに向かった。

起き上がろうとするドラゴンの手足を、ウォーカーが【クラフトチェンバー】で生み出した棍棒《こんぼう》で叩《たた》き落《お》とす。

「逆鱗《げきりん》――貰《もら》うぞッ!!」

オボロが剣を閃《ひらめ》かせ、ドラゴンの逆鱗《げきりん》を抉《えぐ》り取《と》った。

オボロが逆鱗《げきりん》を手に取った直後、その身体《からだ》がぼんやりと光り、グラウンドの外側へと一瞬で移動する。オボロとチームを組んでいた他四人の生徒も同時に移動した。

「合格者が出たぞー！」

ジャイルが楽しそうに言う。

「先に取られてしまったな」

「ま、聖女様の方針的には、誰かの助けになったってことで問題ないんじゃねぇの？」

ライオットの言葉にルシアは頷《うなず》いた。

前回の試験と同じように、今回もできるだけ多くの生徒を合格に導きたいのだろう。以前までなら一笑に付していたが、ルシアの呪いを知った今は笑い飛ばせない考えだ。

「ライオットさん。可能でしたら、また同じことを繰り返してもらえますか？」

「おう！　このくらいなら、いくらでも――」

ルシアのお願いに、ライオットは自信満々に頷《うなず》こうとした。

だがその時、逆鱗《げきりん》を奪われたドラゴンが雄叫《おたけ》びをあげる。

「な、なんでしょう？　色が変わって、身体《からだ》も一回り大きくなったような……？」

ドラゴンの変化を目の当《ま》たりにして、ナッシェがわなわなと震える。

灰色だったドラゴンの鱗《うろこ》は赤く染まり、身体《からだ》は更に大きくなった。爪と牙も伸び、心なしかその双眸《そうぼう》はより獰猛《どうもう》になったように見える。

「……しまった、そういうことか」

「ウォーカー、何か心当たりあんのか!?」

「お前の世界にこの言葉があるかは知らないが……逆鱗に触れたんだ、文字通りな。ドラゴンという生き物は、逆鱗《げきりん》に触れられると激怒する習性がある」

ドラゴンは怒りで我を忘れたように天に向かって吠《ほ》え続けている。

「マジかよ。じゃあ、つまり……」

「ああ。……この試験、合格者が出る度にドラゴンが強化されていくぞ！」

長引けば不利になる。そういう試験だと全員が気づいた。

変異したドラゴンが、先程の仕返しと言わんばかりにルシアへ襲い掛かる。

再びライオットがドラゴンの突進を受け止めようとするが──。

「やべ、受け止めきれねぇ……ッ!!」

あまりの衝撃に、ライオットの両手両足が出血する。

ドラゴンは一度空高くへ飛び上がり、またライオットへと近づいた。

「ライオット！　赤いドラゴンは受け止めるな！　そいつはもう逆鱗《げきりん》がないから、止めたところで旨味《うまみ》がない！」

「つっても、こいつ……速すぎて俺じゃ避けらんねぇ……ッ!!」

体積が大きくなっている分、単純な突進も避けにくくなっている。ドラゴンはまるで地を這《は》う虫けらを一掃するかの如《ごと》く、低空を飛んで接近してきた。

「ぐ、ぎ……ッ!?」

立て続けの突進にライオットは踏ん張ろうとしたが、弾《はじ》き飛《と》ばされる。

ドラゴンはそのままルシアに向けて爪を振るった。

ミコトが咄嗟《とっさ》にナイフを取り出し、爪の軌道をズラす。更にナッシェがルシアを抱えて飛《と》び退《の》こうとしたが、僅かに遅れてその右足を抉《えぐ》られた。

「ナッシェさん⁉」

「だ、大丈夫、です……！」

自分の代わりに傷ついてしまったナッシェを見て、ルシアが叫ぶ。

ウォーカーも慌ててナッシェに近づいた。

「ライオット、ナッシェ！　二人とも近くに来い！　傷を治療してやる！」

「で、でも、そんなこと言ってる場合じゃ……」

ウォーカーが【クラフトチェンバー】を発動して、包帯や見知らぬ薬品を製造した。

先程の赤いドラゴンはそのまま別のチームへ襲い掛かっていた。しかし上空にいる他のドラゴンたちが、ルシアを標的に定めて飛来している。

時間を稼がねばならない。そう判断したミコトは、ルシアのもとへ向かい――。

「ルシア、失礼するよ」

「え？　――ひゃっ」

ルシアを抱きかかえ、ウォーカーたちの方を見る。

「僕らが囮《おとり》になる！　その間にウォーカーたちは立て直してくれ！」

「ああ、頼む！」

ミコトはルシアを抱えながら敢《あ》えて目立つ位置へと移動し、ドラゴンを引き付けた。

「ミコトさん、どうか無理はせず――」

「口を閉じてくれ」

舌を嚙《か》むから――という台詞《せりふ》を言う間もなく、ドラゴンが飛来した。

だがミコトは、それを屈《かが》んで、或《ある》いは跳躍して軽々と避ける。

「ミコトさん、右から――」

地面に下りていたドラゴンが、ルシアを狙って大きな腕を振ってきた。

とん――と、軽やかな音と共に、ミコトは跳んで腕を避ける。振り抜かれる腕の表面に一瞬だけ足を乗せ、それを蹴る反動でまた遠くまで跳んだ。

「……身軽なんですね」

「まあ、一応この学園の生徒だし」

ドラゴンは巨大で力強いが、その分、小回りが利かず直線的な動きしかしない。――これなら何時間でも避けられる。

「ルシア」

走りながら、胸に抱える少女へ尋ねる。

「君の呪い……【傷の共感】は、どの範囲まで有効なんだ」

「お前、とは呼んでくれないのですか？」

シュン、と落ち込んだ様子を見せるルシア。

真面目な会話をしているんだが。……ミコトが睨《にら》むと、ルシアはくすりと笑った。以前、互いの素を晒《さら》し合ったせいか、ルシアは偶《たま》に冗談を言うようになった。

「お気遣いは無用ですよ。この学園くらいなら、余裕で包み込む範囲ですから」

問いの意図を理解した上で、ルシアは答えた。

以前、ルシアから呪いについて聞いた後、ミコトは自分なりにその解決策を考えていた。

たとえば、もし【傷の共感】に効果範囲があるなら、その範囲外へルシアを移動させればいい。そうすればルシアが痛みを覚えることはなくなる。

だがこの案は難しいらしい。学園を包み込む範囲も何も、そもそもミコトたちはこの学園の中でしか活動しないのだ。つまりこの世界で生きている間、ルシアはどう足掻《あが》いても【傷の共感】からは逃げられない。

「もう一つ、訊《き》かせてくれ。……不合格になった生徒が消える時、君は痛みを感じるのか？」

「肉体的な苦痛は感じませんが、代わりに凄《すさ》まじい精神的な苦痛を感じます。千年の拷問を一瞬に凝縮したような痛みです。ですから正直、最初の試験では参りました」

その苦痛は確実に参るの一言では済まないものだっただろう。

不合格時の消滅に痛みを感じなければ——いっそ周りの生徒を片っ端から不合格に追いやることで、ルシアは救われるのではないかと考えていた。

だがこちらの案も難しいようだ。

それに、この案はルシアも首を縦に振らないだろう。

自分のことしか考えていないとか言いつつも、彼女は生粋の善人なのだ。

「ミコトさん、赤いドラゴンが……っ！」

ルシアが焦燥する。変異した赤色のドラゴンが迫っていた。

「ミコト、そのままこっちに来い！」

逃げるミコトに、ウォーカーが指示を出す。

何をしたいのかは分からないが、ウォーカーなら上手《うま》くやるだろうと信じて走った。

「ライオット、これを使えッ‼」

ウォーカーが【クラフトチェンバー】で大きな盾を生み出し、ライオットに渡す。

ミコトが駆け抜け、入れ替わるように盾を構えたライオットが前に出た。

「う、おぉおぉおぉおぉおぉおぉお――ッ‼」

変異したドラゴンの突進を、ライオットは身の丈よりも大きい盾で受け止めた。

ドラゴンはそのままライオットを盾ごと噛《か》み砕《くだ》こうとしたが、ライオットは素早く盾の向きを調整し続けて牙を受け流す。力業が得意な印象を受けるライオットだが、こうして見ると技巧も優れていることがよく分かる。

「いつまでも、噛《か》んでるんじゃねぇッ‼」

ドラゴンの顎を、ライオットが蹴り上げる。バキバキと音を立ててドラゴンの牙が砕けた。

ドラゴンは悲鳴を上げて上空に逃げる。

「すっげぇ‼　なんだよ、この盾⁉」

「特注の合金製だ。ちなみに人間用じゃない。……しかし、その盾も保たないか」

「え？　……あ」

ウォーカーに指摘されて初めて、ライオットは盾が壊れていることに気づいた。

その時――ミコトは二人に向かって叫ぶ。

「まだ来ている‼」

二匹目の変異したドラゴンが、ルシアの方へと飛来していた。

ライオットとウォーカーは咄嗟《とっさ》に身体《からだ》でドラゴンを逸《そ》らそうとするが、吹き飛ばされる。

「ぐおッ⁉」

「がッ⁉」

ウォーカーはドラゴンの顎が、ライオットはドラゴンの尻尾が直撃し、地面を転がった。

あまりの衝撃に、ウォーカーの機械でできた左腕が肘から千切れる。

二人を吹き飛ばした赤いドラゴンはまだ目の前にいた。

このままだと、二人が殺されてしまうと思った矢先――甲高い笛の音が響く。

「前半終了だ！　五分後に後半を始めるぞ！」

ホイッスルを吹いたジャイルが、大きな声でそう告げた。

グラウンドに下りていたドラゴンたちが翼を広げ、上空へと戻る。

「……ルールに、救われたな」

ウォーカーが片腕を支えながら立ち上がって言った。

「ウォ、ウォーカーさん、腕が……っ⁉」

「大丈夫だ、痛みはない。機械化していた部位で助かった」

すぐ傍《そば》でルシアが微《かす》かに得心した様子を見せた。ウォーカーから痛みを感じなかったことを不思議に思っていたが、今の説明で納得したのだろう。

だがウォーカーの片腕が封じられたのは事実だし、ライオットも両足の出血が酷《ひど》い。まだ前半が終わったばかりなのに、二人は満身創痍《そうい》だ。

集まったミコトたちに、ウォーカーが【クラフトチェンバー】で包帯を出した。それぞれ治療をしながら作戦会議を始める。

「後半の役割分担だが……」

悩ましげに言うウォーカーに、ミコトが口を開く。

「僕とナッシェが猟師《ハンター》をやるよ」

「だが……」

「逆鱗《げきりん》を取る役目は猟師《ハンター》のものだけど、別に騎士《ナイト》がそれを手伝うこと自体は禁止されていないんだ。いざという時はまた二人を頼らせてもらうから、次は僕たちに任せてくれ」

「……分かった。信じよう」

ウォーカーは静かに吐息を零《こぼ》して頷《うなず》いた。

周りを見れば、どのチームも作戦会議をしていた。そのためにこの試験は前半と後半で分れているのかもしれない、とミコトは思う。戦略を練ることも強さの一つだ。

「ウォーカーの腕は能力で直せねぇのか？」

「直せるには直せるが、以前説明した通り俺の能力には資源が必要となる。残りの資源は、できれば猟師《ハンター》のために使いたいな。この試験は後手に回っては合格できそうにない」

千切れた機械の腕を見つめたウォーカーは、その視線をミコトに移した。

「ミコト、得意な武器はあるか？」

「……ナイフかな」

大体なんでも使えるが、強いて言うならやはりナイフには思い入れがある。

「なら、これを使え」

そう言ってウォーカーは【クラフトチェンバー】で灰色のナイフを作成した。

手に持って、実感する。――ただのナイフではない。羽のように軽く、けれど鋼よりも頑丈だ。そして何より、初めて握ったのに何故《なぜ》か手に馴染《なじ》む。

「ナッシェは、何か作ってほしいものはあるか？」

「わ、私は戦い慣れていないので大丈夫です。……とにかく、ミコトさんの傍《そば》についてひたすらサポートしようと思います！　な、何ができるか分かりませんが……!!」

この地獄絵図のような試験で、やる気を漲《みなぎ》らせる胆力があるだけでも充分だ。

「ミコトさん」

ルシアがミコトを見つめる。

「任せました」

「ああ」

短い言葉のやり取りだった。

それだけで、全身に力が漲《みなぎ》るような気がした。

己は今、なすべきことをなそうとしている。その実感が際限なき気力の源となった。

「後半——開始だッ!!」

ジャイルが試験再開の合図を告げる。

「ミコト！　赤い奴《やつ》はマジで強ぇから、間違っても受け止めんな！　避け続けろ！」

治療中のライオットが叫ぶ。

無論そのつもりだが、王《キング》であるルシアを餌にしてドラゴンを誘わなければ、あの逆鱗《げきりん》に手が届かないという事実は変わらない。赤いドラゴンも餌に食いついてしまう以上、彼らとの接敵は避けられないだろう。

加えて――。

(……あまり、観察されても嫌だな)

粛正者《パージ》としての活動に支障を来すだけでなく、聖女派の一員として本格的にルシアを護《まも》りたいと思った今、王女派も警戒対象に含まれていた。

この際だから、双方を対策するためにも手の内はほどほどに隠しておきたい。このままパッとしない人間を演じている限りは、粛正者《パージ》として働く際は相手が勝手に油断してくれるし、王女派にもそれほど警戒されないだろうから動きやすいだろう。

『貴方《あなた》って、なんていうか……パッとしないわね』

不意に師匠から言われたことを思い出した。

うるさい、演技しているだけだ。……そう言い訳する相手も、もういない。

後半戦が始まってからずっと付かず離れずの位置にいたナッシェが叫ぶ。

「ミ、ミコトさん!!」

前方から、王《キング》であるルシアを狙って一匹の赤いドラゴンが肉薄してくる。

ドラゴンが尾を振り回してきたので、ミコトはこれを股下に潜り込み、滑り抜けることで回避した。そのまままさり気なく位置を調整し、ナッシェの視線から外れる。

ドラゴンが頭上から爪を振り下ろしてきたが――問題ない。

ライオットの言う通り受け止めることは困難だが、受け流すことは可能だ。

「ふ――っ」

身体《からだ》を翻《ひるがえ》して爪の先端をナイフで弾く。ガキン、と激しい金属音が響くと同時に、爪の軌道が僅かにズレた。その僅かさえあれば、いくらでもドラゴンの猛攻を避けることができる。

神業。そう表現されてもおかしくないことを容易《たやす》くやってのけたミコトは、息一つ乱すことなくドラゴンから距離を取る。

「ミコトさん、ぶ、無事ですか⁉」

「ああ、なんとかね」

合流したナッシェに問題ない旨《むね》を伝え、すぐにルシアたちの様子も見る。

ライオットがルシアを抱えて移動していた。無事なようだ。

「そろそろ本格的に、逆鱗《げきりん》を狙った方がいいな」

赤いドラゴンが増えている。

これ以上、時間をかけていては危険だ。

「あの、ミコトさん！　背中に乗るのはどうでしょう⁉」

活路を探していると、ナッシェが提案した。

「ドラゴンの背中に乗って、そのまま上空まで運んで貰《もら》うんです。変異した赤いドラゴンはほとんど地上付近にいますから、上空にいた方が安全になるんじゃないでしょうか？」

「……なるほど」

変異した赤いドラゴンは地上付近でずっと暴れているが、変異前のドラゴンは彼らと比べるとまだ大人しく、偶《たま》に休憩するかのように空高くへと舞い上がっている。

赤いドラゴンのせいで地上は阿鼻叫喚《あびきょうかん》と化していた。上空にいけば地上の王《キング》とも距離を取れるため、安全になるかもしれない。

(ウォーカーたちの状態は……？)

上空に行くとなると、ルシアの警護を任せることになる。

ウォーカーとライオットの様子を確認するべく視線を向けると、ウォーカーと目が合った。

そしてすぐに首を縦に振られる。

こちらは任せろ、何か策があるならやってこい——言外にそう言われた気がした。

その直後、ミコトたちは大きな影に包まれた。

自分もナッシェも、遠くにいるウォーカーたちも同じ影に包まれている。

反射的に空を仰ぎ見ると——。

「なんだ、あのでっけぇドラゴンは……っ⁉」

遠くでライオットが驚愕《きょうがく》した。

頭上に、他のドラゴンとは比べ物にならないほど巨大なドラゴンがいる。その巨軀《きょく》は恐らく通常のドラゴンの十倍近い。人間の全長が鱗《うろこ》一枚分である。

ドラゴンには、大きさ《サイズ》や行動《アクション》の個体差があると思っていたが、あれほど大きいドラゴンは試験開始時には確実にいなかった。恐らく後半戦で追加されたのだろう。

だが、今のミコトたちにとっては都合のいい存在でもある。

「ナッシェ、あれに乗ろう」

「は、はい……!!」

上空を目指すとなれば、あのドラゴンはこれ以上ない立派な足場だ。

地上に下りて、他クラスの見知らぬ王《キング》へと襲い掛かる巨大なドラゴン。パニックとなったその現場へミコトとナッシェは真《ま》っ直《す》ぐ向かい、どさくさに紛れてその背に飛び乗る。

「ミ、ミコトさん、助けてください……!!」

巨大なドラゴンが浮上した時、鱗《うろこ》の凹《へこ》みに指をかけていたナッシェが助けを求めた。

飛び乗るタイミングが遅れたようだ。すぐに近づいて引っ張り上げようとする。

「手を握れ」

「す、すみません……！」

ナッシェが慌ててミコトの掌《てのひら》を握った。

「あ、あの！　ミコトさん！」

こんな時に何だ、と内心で思うミコトに、ナッシェは口を開いた。

「――――粛正者《パージ》ですか？」

時が凍った。

だがすぐに冷静な思考を取り戻し、答える。

「そうだ」

「わ～っ!! やっぱり!?」

腕を力強く引っ張られる。ナッシェは反動を利用して軽々とドラゴンの背に乗った。

先程までの鈍臭い印象とはかけ離れた軽やかな所作だ。

猫を被《かぶ》っていたのだろう。その明るい態度は、集会で見た八番そのものだ。

「じゃあ、貴方《あなた》が十三番なんだ！ ふ～ん、なんかイメージ通りって感じ！」

心底楽しそうにナッシェは言う。

しかしミコトは無言を貫いた。

「……あれ？ あんまり驚いてないね。アタシが粛正者《パージ》だって気づいてたの？」

「予想はしていた」

「へ～、いつ？」

「試験が始まった直後。お前がルシアと同じチームに入った時だ」

「え？ でも今回の試験のルールだと、別チームの方が疑わしくない？ だって同じチームになって、聖女様が王《キング》になったら殺せないわけじゃん」

今回は試験開始時に鈴の音が鳴ったため、粛正者《パージ》と言えど無条件合格はできない。同じチームの王《キング》を殺したら、たとえ粛正者《パージ》でも不合格になってこの世界から消えてしまう。

だがそれは、試験中の話。

「粛正は別に試験が終わってからでもいいんだ。だからお前は、まず協力者との合流を優先すると思った。今回は全校生徒が入り乱れる試験だし、聖女を目印にして集まるのが無難だ」

「お～、凄《すご》い凄《すご》い！　アタシの心を読んでるの？　ってくらい正解だよ！」

協力者と合流する旨《むね》は前の集会で話し合って決めたが、試験の内容が思ったよりも複雑だったので、八番は聖女抹殺を二の次にしてまず合流を優先するだろうとミコトは予想した。

その予想は正解だったらしく、ナッシェが拍手する。

「あとは、お前が上空へ行こうと提案した時だ。あの指摘は的確すぎる。戦い慣れていない人間の口から出るものじゃない」

「あ～、やっぱりそこかぁ。まああれは、貴方《あなた》と二人きりになるための口実だしね」

そんなところだろうと思っていた。

向こうもそれほど隠すつもりはなかったらしい。

「ちなみに、アタシも大体似たような感じだよ。聖女と同じチームにいる人を疑っていた。ウォーカー君かなと思ってたけど、ミコト君だったかぁ。ちょっと意外」

「意外？」

「だって君、あんまり強くなさそうだし。なんていうか、貴方《あなた》からは特別な力を感じないんだよね」

直感による判断なのだろうが、的を射ている。

ミコトには超常の力がない。ルシアのような呪いすら持っていない。

「さて、それじゃあ作戦会議しよっか。どうやって聖女を殺す?」

当たり前のように問うナッシェ。

彼女の予想通り、グラウンドの上空は猟師《ハンター》であるミコトたちにとって安全圏だった。他の生徒もいないし、ここならいくらでも密談できる。

だからこそ、本音を吐き出せる。

「殺さない」

断言すると、ナッシェは怪訝《けげん》な顔をした。

「ごめん、もう一回言ってもらえる?」

「ルシアは殺さない。僕はお前と対立する」

改めてはっきり伝えると、ナッシェは深く考え込んだ。

「…………なんで?　惚《ほ》れちゃったの?」

「まあ、そんなところだ」

生き様に、だが。

端的に答えると、ナッシェが露骨に嫌そうな顔をした。

「きもいなぁ」

うえ〜、と。吐き気を催したようにナッシェは振る舞う。

「一応言っとくとさ、アタシ、粛正者同士《パージ》で争うことには反対なんだよね。集会でも言った通り、アタシたちには全員が願いを叶《かな》えるってルートがあるわけだし」

「それならルシア以外を狙ってくれ。僕は彼女を護《まも》ることにした」

「他の人なら殺していいんだ？　偽善だね〜」

「偽善ですらない」

ミコトは首を横に振った。

「僕は善人にはなれない。だから代わりに、本物の善人を護《まも》るんだ」

師匠を生き返らせるという目的までは捨てていない。だがその目的を果たすためには、正しい人になることを諦めなければならない。

そして、諦めてもいいと思えた切っ掛けこそが、聖女ルシアだ。

だからミコトは、ルシアを護《まも》る。

そして、ルシアに仇《あだ》なす人間を殺すことで、師匠を生き返らせる。

「神様っていう存在が何なのか、正直まだ摑《つか》めていない。でも、この学園からたった一人の人間が選ばれるのだとしたら——ルシアであってほしい。それが僕の意志だ」

揺らぐことのない意志を示す。

ナッシェは深く溜息《ためいき》を吐き、腰に手をあてた。

「……残念だよ。ミコト君とはこれからも仲良くできると思ったのに」

交渉決裂。

まあ――最初から話し合えるとは思っていないが。

ウォーカーから借りたナイフを構える。対し、ナッシェは静かに息を吸い――。

「《大気よ、そこにいる人間を押し潰せ》」

よく分からない言葉を、ナッシェは口にした。

刹那、ミコトは周囲から不可視の圧力を感じる。まるで巨大な掌《てのひら》に握り潰されるかのような感触だった。その不気味さに驚愕《きょうがく》しながらも、慌てて横合いへ飛び退《との》く。

ぐしゃり、と先程まで自分の立っていた位置から音がした。

「うわ、今のを避けるんだ」

コンマ一秒の判断で飛び退《との》いたミコトに、ナッシェが目を見開く。

「凄《すご》いね～、今まで実力を隠してたってこと？」

「……お前もだろ」

「あはっ！　そうかも！」

愉悦に染まった笑みをナッシェは浮かべた。

「アタシの能力、なんて説明したっけ。確か、どんな言語でも理解する力……だっけ」

文学の授業でそのように説明していたはずだ。

だが本当にそれだけの能力なら、先程の現象は説明がつかない。

「厳密には理解だけじゃない。アタシはね、どんな存在とも対話できるの」

「対話……？」

「そ。アタシは、あらゆる物体と対話して、お願いを聞いてもらうことができる」

ナッシェは軽くストレッチしながら言った。

「それがアタシの力――【森羅万象のテーブル《パーフェクト・ネゴシエイター》】だよ」

そう言ってナッシェは、ポケットの中から何かを取り出した。

掌《てのひら》の上にあるそれは――。

（……玉？）

銀色の、パチンコ玉のような小さな球体が十個ほど。

ナッシェはその玉を、適当にばらまくよう前方に投げた。

「《弾丸よ、そこにいる男を貫け》」

ナッシェが唱えた瞬間、ばらまかれた銀色の玉がまるで自分の意志を持ったかのように動き出してミコトへ襲い掛かる。

ミコトは咄嗟《とっさ》に構えていたナイフで弾丸を弾いた。しかし、

（弾いても、戻ってくるのか）

ナイフに弾《はじ》かれ、ドラゴンの鱗《うろこ》に叩《たた》き付《つ》けられた玉が、再び浮き上がって襲い掛かる。

何度か繰り返しても同じ結果にしかならない。

それなら――斬る。

玉は俊敏に動くが、貫けという指令を守るためには一定以上の速度が必要なのか、肉薄すれば速度を落とすような急旋回をしない。

凡《おおよ》そ三メートル。それ以内の距離に入った玉は、直線軌道のみになる。

『人類が持つ最大の武器は分析よ。どんな異常事態でも頭は常に回転させなさい』

かつて師匠から与えられた教訓を忠実に守ったミコトは、次々と玉を切断した。

切断された玉は動きを止め、落下する。ナッシェは弾丸に対して指令を出していたため、弾丸という形状を破壊されたら指令の対象外になり、停止するのかもしれない。

「じゃあ、更に十発追加しよっか」

ナッシェが同じように弾丸に指令を出した。

追加で十発の弾丸が飛来するが――。

「それはもう――飽きたな」

「は？」

瞬《また》く間《ま》に、次々とナイフで弾丸を切断していく。

振り下ろしで一つ目、切り返して二つ目、宙返りしながら三つ目、そのまま空中で身体《からだ》を翻《ひるがえ》しながら四つ目——迫り来る弾丸を、最短経路で無効化する。

「ちょ、ちょっとちょっと⁉ どんな身体能力してんのよッ⁉」

ナッシェは慌ててポケットに手を入れた。

「も、もう十発——」

「——遅い」

切断した弾丸の欠片《かけら》を、ミコトはナイフで打った。

強烈な衝撃を受けて弾《はじ》き飛《と》ばされた弾丸の欠片《かけら》が、ナッシェの手の甲に命中する。

「ぐっ⁉」

悲鳴を上げたナッシェの懐《ふところ》に、ミコトは潜り込んだ。

ナイフが閃《ひらめ》く直前、ナッシェは苦悶《くもん》の表情を浮かべながら唱える。

「《た、大気よ! こいつを止めて!》」

それが拘束を意図した発言であることはすぐ読み取れた。

ミコトはすぐにその場から離れるべく跳躍する。しかしナッシェの指令を受けた不可視の大気が、そんなミコトの片腕を掴《つか》んだ。

右腕が、大気に締め付けられる。

「よし、捕まえ——」

ナッシェが笑みを浮かべた直後、ミコトは捕まった腕を起点に身体《からだ》を捻《ひね》った。

ギュルリ、と音を立ててミコトは身体《からだ》を翻《ひるがえ》し、右腕を拘束されたまま踵《かかと》落としを繰り出す。

「が――ッ⁉」

踵《かかと》で脳天を叩《たた》かれたナッシェが呻《うめ》き声を漏らす。

「ど、どんな可動域して――⁉」

「死ね」

左手に持ち替えたナイフを、ナッシェの首筋に突き立てようとする。

しかしナッシェはそれを辛《かろ》うじて屈《かが》んで避けた後、

「《凪！　こいつを吹っ飛ばして！》」

強風がミコトの身体《からだ》を持ち上げ、後方へ吹き飛ばした。痛みはないが、おかげでまた振り出しに戻ってしまう。

鬱陶しい能力だ。

しかもまだ全容が摑《つか》めていない。

「……強くなさそうって言ったのは、訂正するよ」

ナッシェが冷や汗を垂らしながら言った。

「ミコト君は、存在そのものが特別な能力みたいなものだね。……びっくりしちゃった。どうやったらあんな体勢で攻撃できんのかなぁ」

溜息《ためいき》を吐くナッシェ。

一方、ミコトは——冷静にナッシェを睨《にら》んだ。

「お前のパーフェクトなんとかっていう力は、さほど驚異ではないな」

あわよくばこの一言で冷静さを失ってもらいたいという、分かりやすい挑発。或《ある》いは冷静さを失わなくても、隠している手札を晒《さら》してくれたら儲《もう》けものである。

そんなミコトの挑発に、ナッシェは——乗った。

「あんまり、アタシの力を舐《な》めないでほしいな」

ナッシェは片手を突き出し、唱える。

「《そこの灰色のナイフ、アタシの手元においで》」

ぶるぶる、とミコトの握るナイフが震えた。

次の瞬間、ウォーカーから受け取ったナイフが弾《はじ》かれるようにミコトの手から離れ、そのままナッシェの突き出した手に向かう。

ナイフを受け取ったナッシェは、不敵な笑みを浮かべた。

「と、まあこんな感じで、アタシは色んなものを操れるわけ」

「……何故《なぜ》、最初からこうしなかった？」

「だって、これやっちゃうとすぐに決着がついて面白くないんだもん」

余裕をアピールするかのように、ナッシェは舌を出していたずらっぽく笑う。

物体に指令を出す能力——それがナッシェの力なのだとミコトは解釈していた。

控えめに言って、反則級の能力だ。ライオットの【人間賛歌】やウォーカーの【クラフトチエンバー】とも一線を画している。

もしかすると、粛正者《パージ》の能力は皆このくらいの反則級なのだろうか……？

だとすると……分かってはいたが、なんて場違いな世界なのだろう。

思わず笑ってしまう。

（……いい策が浮かぶまで、会話で時間を稼ぐか）

幸い、あちらはお喋《しゃべ》りが好きなようだし。

頭の回転は止めていない。師匠の言う通り、分析を続けながら口を開く。

「賢さの試験で、ルシアに答案用紙を見せるよう頼んだのはお前だな？」

「ん？　そうだよ？」

何の後ろめたさも感じていない様子で、ナッシェは答えた。

「ルシアを嵌《は》めた理由は何だ？　別に点数《スコア》が高いとは限らないぞ」

「冗談。あのカリスマ性で低点数《スコア》なわけないじゃん。……アタシの目を他の子に逸《そ》らそうとしても無駄だよ。標的を変える気はないから」

ナッシェは不動の殺意を漲《みなぎ》らせて言った。

実際——ルシアを粛正すれば莫大《ばくだい》な点数《スコア》が手に入ることは明らかになっている。羽を受け取ったということは、神様の寵愛《ちょうあい》を受けている証《あかし》。即《すなわ》ち大量の霊子を所持する証明だ。

「アタシも同じクラスだから、聖女の特異性は身に沁《し》みてるよ。……あの純粋な博愛主義、本性なのかな？　もし偽っているなら相当な精神力だよ。もっと過酷な試験で追い詰めないとあの子は本性を見せない気がするなぁ」

そんな言葉を聞いて、ミコトは口を開く。

「お前はこの学園の試験を、人の本性を暴《あば》くためのものだと思っているのか？」

ナッシェは不思議そうに首を傾《かし》げた。

「そう思ってるよ。皆もそうなんじゃない？　学園の試験は、生徒たちを追い詰めて本性を暴《あば》くためにあるんだと思う。追い詰められた時の行動こそが、人の本性だから。……神様はその本性を見て、次の神様を選びたいんじゃないかな」

「違う」

ミコトは首を横に振った。

「追い詰められた時の行動は、追い詰められた時の行動だ。それ以上でもそれ以下でも決してない。本性とは全くの別物だ」

ミコトは続ける。

「人を追い詰めることで、異常な行動を強いるこの学園の試験を、僕は正しいものだとは思わない。だから僕は、僕が正しいと思ったことを優先する」

「……それが、聖女を護《まも》ることなんだね」

その通りだとミコトは首肯する。

そしてそれは、やはり――正しい人にはなれないことを示していた。追い詰められて違反者になった生徒を躊躇《ちゅうちょ》なく処理できる。この人物の本性は悪だったから裁いてもいいのだと、自分に嘘《うそ》をついて罪悪感を紛らわすことができる。

でもミコトはそうしない。

自分が正しくないという事実を、正面から受け入れる。

「真面目なんだね、ミコト君は。違反者はルールを破った悪人なんだから、それを裁く粛正者《パージ》は正義の使者なんだ～！　って考えたら、楽になれるのに」

「慣れてるんだ」

わざとらしく演技しながら語ったナッシェに、ミコトは告げる。

「罪の意識を感じながら、人を殺すことには慣れている」

今更、負担に感じることはない。

ただ、生前と同じことを繰り返す。それだけのこと――。

「アタシ、そういう考え方……好きだよ」

ナッシェは優しく微笑《ほほえ》む。

「でも、ごめんね。アタシにもなすべきことがあるから――」

静かに顔を伏せたナッシェが、肺に溜《た》まった酸素を吐き出してから顔を上げる。

「今から――貴方《あなた》を殺す」

ナッシェの双眸《そうぼう》には、純粋な殺意だけが宿っていた。

欠片《かけら》ほど残っていた情が、今、完全に消える。

ナッシェはポケットから細長い枝のようなものを二本出した。それを素早く擦り合わせると棒が燃えて火が生まれる。……マッチのような道具なのだろう。

「《炎よ、アタシの目の前にいる男を焼け》」

木の棒に灯《とも》っていた炎が、広がってミコトに迫った。

人体にとって火は極めて殺傷力の高い兵器だ。ミコトは慌てて後退する。

形のない炎は、避けることはできるが防いだり弾いたりすることはできない。先程の弾丸と違って下手したら無限に攻撃されてしまう。

迫り来る炎を避け続けていると、前方でナッシェが大きく息を吸い出した。

そして――力の限り、叫ぶ。

「――《ドラゴンよ！　アタシの目の前にいる男を殺してちょうだい！》」

ゾワリ、と嫌な予感がして全身の肌が粟立《あわだ》った。

前後左右、四方八方、辺り一帯にいたドラゴンが一斉に襲い掛かってくる。いずれも変異していないドラゴンだが、試験のルールを無視してミコトを攻撃しようとしていた。

生前から使っている師匠から譲り受けたナイフを手に取り、ドラゴンの爪を受け流す。

ドラゴンは無限に襲い掛かってきた。しかもナッシェが放った火も健在である。

加えて──。

「な……ッ⁉」

ミコトたちが足場に使っている巨大なドラゴンまでもが、ナッシェの指令に従った。

巨大なドラゴンは身体《からだ》を一回転させてミコトを落とそうとする。咄嗟《とっさ》にミコトは鱗《うろこ》の隙間にナイフを突き立て、ぶら下がって耐え忍んだ。

ドラゴンが身体《からだ》を一回転させたところで再び背中に着地する。

一方、ナッシェは能力で従わせた別のドラゴンの背に乗っていた。

「これは……」

かなり、まずい。

この高さ、落下したら即死だ。──下手に動けない。

『混乱するな。カラクリを見抜きなさい』

こめかみを汗が伝う中、師匠から教わった言葉を思い出した。

『完璧な攻撃なんて絶対にないわ。どんな相手でも、必ず付け入る隙はある』

師匠の言葉が間違ったことなんて、少なくともミコトの前では一度もなかった。

だから、従う。

（……探せ）

ナッシェの能力にある隙を。そのカラクリを。

現状、違和感は二つある。

一つはナッシェの台詞《せりふ》だ。

——だって、これやっちゃうとすぐに決着がついて面白くないんだもん。

ナッシェは用心深い性格だ。何故《なぜ》なら彼女は普段、今のような本性とは真逆の気弱な少女を演じている。演技に力が入っているのは粛正者《パージ》として慎重に立ち回りたい証拠だろう。

そんな彼女にしては、不用意な出し惜しみである。

だから、この台詞《せりふ》は半分事実だがもう半分は嘘《ブラフ》なのだと思った。

確かに相手の武器を奪えば一瞬でケリがついて面白くないのかもしれない。だが同時に、ナッシェはああ告げることで、自分はまだ武器を隠し持っているかもしれないという可能性を示唆したのだ。一度出し惜しみしたのだから、まだ何か出し惜しみしているかもしれない……そうミコトに思わせるのがナッシェの狙いだと仮定する。

だとすれば、意味はない。

対峙している敵が、まだ手札を隠し持っているかどうかくらい見分けがつく。

師と共に積み上げてきた壮絶な戦闘経験が、ミコトに正確無比な判断を与えていた。

ナッシェの手札は全て公開されている——。

「これでも、殺せないの……ッ!?」

迫る炎とドラゴン、その両者を避け続けているとナッシェが焦燥した。

そんなナッシェを一瞥《いちべつ》し、ミコトは二つ目の違和感について考える。

(……何故《なぜ》、ナイフを奪ってこない？)

こちらが二本目のナイフを取り出してから、三分が経過している。

なのにナッシェは、このナイフを能力で奪おうとしなかった。

「……どんな存在とも対話できると言っていたな」

ドラゴンの尻尾を紙一重で避けたミコトは、ナッシェに語りかけた。

「対話はできても、お願いを聞いてもらえるかどうかは別というわけか」

「……ちっ」

ナッシェの表情が歪《ゆが》んだ。その舌打ちは肯定と受け取る。

少し勘違いしていた。

ナッシェの能力は、あらゆる存在へ命令ができる——というものではない。彼女ができるのはあくまでも対話までだ。命令でも脅迫でもなく対話なのだから、当然、ナッシェが何かお願いしても相手に拒否される可能性がある。

つまりナッシェの指令は、不発に終えるリスクがある。

多分……重要なのは縁だ。

奪われたナイフはウォーカーからの借り物だった。だが今、この手に握っているのは生前から使っている、師匠から譲り受けた大切なナイフである。その柄と刀身には数え切れないほどの傷と共に思い入れが詰まっていた。ミコトにとっても、ナイフ自身にとっても……。

ゆえにこのナイフは、ミコトの味方なのだ。

ナッシェもそれが分かっているから対話を試みない。

一つの隙を発見する。――ナッシェの能力に、縁、或《ある》いは絆《きずな》といったものを凌駕《りょうが》するほどの力はない。

「律儀《りちぎ》だな。最初から全部正直に説明してくれていたわけか」

「まあね。大抵の人は、勝手に勘違いしてくれるから」

実際、勘違いしていたので耳が痛い。

「それに、カラクリに気づいたとしても――貴方《あなた》が有利になるわけじゃないッ！」

その言葉は否定できない。

ナッシェは更に炎を用意し、おまけに弾丸まで放ってきた。

炎を避け、弾丸を斬り、ドラゴンの攻撃を受け流す。

「く――ッ!?」

後方の弾丸に対応しようと身体《からだ》を捻《ひね》ったタイミングで、巨大なドラゴンがまた身体《からだ》を一回転させた。咄嗟《とっさ》にドラゴンの鱗《うろこ》に掴《つか》まって落下は避けるが、迫る弾丸がミコトの腹を貫く。

痛みに耐えていると、巨大なドラゴンが動きを止めた。

足場が安定したので顔を上げた直後――滑空するドラゴンの尾が顔面に叩《たた》き付《つ》けられる。

ぐらり、と視界が揺れた。

意識が消える――その寸前。

ミコトの脳裏に、師匠との日々が過ぎった。

◆

『あーあ、また火傷《やけど》しちゃったの？』

いつも通り、師匠と過ごしていたある日。

その日は師匠からの指示で炎を使った訓練をしていた。ミコトの周囲には、違法ルートで入手した火炎放射器が大量に設置されている。火炎放射器は単発式かつ師匠が持つリモコンで引き金が引かれるよう改造されていた。

これは、四方八方から迫る火の玉を無傷で避け続ける訓練だ。

『目だけに頼っちゃ駄目よ。ちゃんと感覚で、第六感も駆使して相手の攻撃を見抜きなさい』

『あの……師匠、この訓練には何の意味が？』

『ん？　それはほら、あれよ、あれ。急に火の玉が沢山飛んでくることもあるでしょ？』

『ないだろ……』

どんなシチュエーションを想定しているんだ……。

ただの嫌がらせ、もしくは下らない暇潰しだと思い、幼いミコトは唇を尖《とが》らせた。

しかし師匠は真剣な表情を浮かべる。

『いい、ミコト？　貴方《あなた》はいつか、不思議な能力を使う人と殺し合うかもしれないわ』

『不思議な能力って……超能力とか？』

『かもしれないわね。だから、その時に勝つための技術を叩《たた》き込んであげる』

そういうやり取りが、師匠との間で何度もあった。

結局、最期《さいご》まで訓練の意図は分からなかったので、ミコトはやはり師匠の暇潰しなのだと思っていたが……今の状況を考えると話は変わってくる。

ああ――――師匠。

天を仰ぎ見て、ただただ呆然《ぼうぜん》としたい気分だった。

謎が……生前は感じていなかった謎が、着実に深まっている。

貴方《あなた》は一体――――何者なんだ。

◆

パチリ、とミコトは瞬《まばた》きをする。

意識は朦朧《もうろう》としていたが途切れることはなかったらしい。尻尾を叩《たた》き付《つ》けられて激しく転がっている身体《からだ》を翻《ひるがえ》し、巨大なドラゴンの背中で踏ん張ってみせる。

「意味分からないくらい頑丈だね。でも、もう驚かないよッ!!」

ナッシェが追加で炎を放ってきた。

同時に、ミコトの脳裏に師匠の言葉が過ぎる。

『炎は接近が分かりやすい。近づけば熱いからね。ミコトの反射神経なら避けられるわ』

大気を伝う熱を頼りに、感覚で炎を避け続ける。

炎は存在自体が目潰しだ。だから目では追わない。

次いで、ドラゴンが飛来した。

『身の丈以上の敵と戦う時は、とにかく目を見なさい。どんな生物も目だけは正直よ』

こちらを狙っているドラゴンの数と順序を正確に判断し、一体一体、丁寧に対処する。爪を受け流し、尻尾を屈《かが》んで避け、噛《か》み付《つ》きは飛び越える。

——本当は、無傷で倒したかった。

自分が痛みを感じるということは、ルシアも痛みを感じるということだ。

こうしている間にもルシアは苦しんでいる。

早く解放しなくてはならない。

早く――この女を殺さなければならない。

「しぶといなァ――ッ‼」

膠着状態《こうちやく》に痺《しび》れを切らしたのか、ナッシェは従えていた変異前のドラゴンから降り、巨大なドラゴンの背中に着地しようとする。

その瞬間を待っていた。

ミコトはすぐ傍《そば》を滑空しているドラゴンにナイフを投擲《とうてき》した。投擲《とうてき》したナイフの柄には視認が困難なほど細い鋼糸が結びつけられており、ドラゴンの翼に引っ掛かる。

ドラゴンの滑空に合わせて、弛《ゆる》んでいた鋼糸が急速に張った。

結果、その糸は――ナッシェを切り裂く刃と化す。

「ぐ――っ⁉」

首が断ち切れる寸前、ナッシェは迫り来る糸に気づき、ナイフを盾代わりにした。

ウォーカー特製のナイフが、鋼糸を防ぎ火花を散らす。

「糸ッ⁉　いつの間に、こんな罠《わな》を――ッ⁉」

最初に巨大なドラゴンが一回転した際、天地が逆になったタイミングでナッシェの視界から外れたため、その隙に巨大なドラゴンの尾に引っかけておいたのだ。命綱にも使えたが、攻めの一手に利用したかったので鱗《うろこ》の溝に潜り込ませて隠していた。

「《風よ！　アタシの身体《からだ》を持ち上げて！》」

ナッシェが風にお願いする。

風はナッシェのお願いに頷《うなず》き、ふわりとその身体《からだ》を持ち上げた。体勢を変えたナッシェは盾代わりにしたナイフを斜めに構え、鋼糸を辛《かろ》うじて受け流す。

しかし――。

「……いない？」

ナッシェがミコトを見失っている間、ミコトは巨大なドラゴンの顔へ向かった。

巨大なドラゴンは身体《からだ》を揺らしてミコトを落とそうとする。ミコトは鋼糸を引っ張ってナイフを手元に手繰り寄せ、今度は鋼糸を鱗《うろこ》に引っかけてドラゴンの顔面へと飛び移った。

ドラゴンの大きな琥珀《こはく》色の瞳が、ミコトの全身を映していた。

ミコトはその大きな瞳に――躊躇《ちゆうちよ》なくナイフを突き立てる。

大気が震えるほどの巨大な叫びがグラウンドに響いた。眼下で鎮座する校舎の窓ガラスが全て割れる。その叫びを間近で聞いたミコトは、鼓膜が破れて両耳から出血した。

だが、一切揺らがぬ意志と共に、もう一方のドラゴンの瞳を睨《にら》む。

その意志とは勿論《もちろん》――殺意だった。

「──おい」

鋼糸にぶら下がりながら、ミコトはもう片方のドラゴンの瞳にナイフを突きつけた。

「もう一度、目玉を抉《えぐ》られたいか？　その後、更に脳味噌《のうみそ》を掻《か》き回《まわ》されたいか？」

冷徹に、ミコトは告げた。

無機物との対話はナッシェの専売特許だが、生物との対話はその限りではない。

だからミコトは、ミコト流のやり方でこのドラゴンと対話する。

「お前に知性があるなら僕の言うことを聞け。……三十秒後に身体《からだ》を揺らせ」

両耳から血を垂らしながら、ミコトは殺意を漲《みなぎ》らせてドラゴンを睨《にら》んだ。

ミコトが本気であると悟ったのか、ドラゴンの瞳にほんの少しの恐怖の色が過《よ》ぎる。

対話に手応えを感じたミコトは、すぐにドラゴンの背中に戻った。

「く……っ」

ナッシェはドラゴンのけたたましい悲鳴を聞いて、両耳を押さえていた。多分、どちらかの鼓膜が破れたのだろう、出血している。

──訓練が足りない。

鼓膜が破れた程度で動揺するとは、未熟だ。

ミコトは懐《ふところ》に忍ばせていた小さな球を、足場となるドラゴンの背中に叩《たた》き付《つ》ける。

すると、濃い黒煙が広がった。

「煙幕⁉　──《風よ、この黒い煙を吹き飛ばせ！》」

風下のナッシェは瞬《またた》く間《ま》に黒煙に包まれたが、すぐに風にお願いして煙を払う。両耳の鼓膜が破れているため音は聞こえないが、読唇術《どくしんじゅつ》でナッシェが唱えた言葉は大体分かった。

一瞬の隙を突き、ミコトはナッシェに肉薄する。

「《た、大気よ！　こいつを押し潰して！》」

ナッシェが何かを唱えると同時にミコトはその場から飛び退《の》いた。

不可視の攻撃だが、不可避の攻撃ではない。

「《凪！　こいつを吹き飛ばして！》」

ナイフを逆手で握り、鱗《うろこ》の溝に深く突き立てた。

爆風が直撃するが、ナイフを支えにその場で踏ん張ってみせる。

最後の一歩が詰め切れない──その時、巨大なドラゴンが身体《からだ》を激しく揺らした。

丁度、三十秒。巨大なドラゴンはミコトの指示に従った。

「くっ⁉」

体勢が崩れたナッシェは、他のドラゴンに飛び移るか逡巡《しゅんじゅん》する。

その僅かな迷いを突くように、ミコトはナッシェに近づきナイフを閃《ひらめ》かせた。

「う、あぁあぁあアア──ッ‼」

死を間近で感じたナッシェは、混乱して半ば自棄《やけ》になりつつも、ミコトから奪ったナイフで対抗した。

ガキン、と激しい金属音が響き、両者のナイフが弾《はじ》かれて足元に落ちる。

ミコトはすぐに、近くにある方のナイフを拾ってナッシェに迫った。

(――勝った!)

と、ナッシェが内心で笑ったのが読み取れた。

(焦《あせ》ったね! それは、アタシのナイフ――ッ!!)

ミコトが拾ったのは自分のナイフではなく、ナッシェが握っていたナイフだった。そのナイフならば対話できる。

勝利を確信したナッシェは、大きな声で叫んだ。

「《ナイフよ! 今、あなたを握っている男を刺せッ!!》」

ナッシェの能力が発動される。

ミコトの握る灰色のナイフが、ナッシェのお願いを聞いてその手から離れる――。

――ことはなく。

目を見開くナッシェの胸元を、ミコトはその手に握る刃物で深く突き刺した。

ナッシェの口腔《こうこう》から、鮮血が溢《あふ》れて零《こぼ》れ落《お》ちる。

「なん、で………」

「……お前の能力は、対象を正しく指定しなければ発動できない」

大気よ、風よ、弾丸よ、火よ──こんなふうに、ナッシェはいつも対象を具体的に指定した上で能力を発動していた。

どんな存在とも対話できるということは、どんな存在にも声が届いてしまうということ。

つまりナッシェの能力は、群衆の中から特定の誰かへ呼びかける行為に等しい。だから正確に相手を指定しないと、目当ての人物に振り向いてもらえない。

それなら──対象を誤認させればいい。

「これは、ナイフではない」

ミコトはその手に握っていた刃物を落とした。

それはナイフではなく、手頃なサイズに砕いたドラゴンの鱗《うろこ》だった。

「……はは、やられた…………アタシの、負けかぁ……」

ナッシェが背中から倒れる。

その衝撃で、口腔《こうこう》から更に血が溢《あふ》れ出《で》た。

「アタシの願いさぁ……あと、六千点で叶《かな》うんだ……」

か細い声でナッシェは言った。

唇の動きが見えにくいが、なんとか読み取れる。

「多分、貴方《あなた》より少ないでしょ？　だからすぐに終われるんだよ。……譲ってくれない？」

敗北は認めたが、まだ生存は諦めていないようだ。

今すぐにミコトがドラゴンの逆鱗《げきりん》を手に入れたら、ナッシェは生き残るかもしれない。誰かに治療してもらう、もしくはすぐに保健室へ運ぶことさえできれば——。

だが、ミコトはそんなナッシェを冷たく睨《にら》んだ。

「——嘘《うそ》をつくな」

ナッシェを見下ろし、語りかける。

「願いを叶《かな》えることが大事なら、なんとしても自らの手でルシアを殺したいはずだ。なのにお前は協力者を募った」

ナッシェの技量は高い。慎重に機会を窺《うかが》えば、いつか必ずルシアを殺せただろう。

しかし、そうしなかった理由が彼女にはある。

「お前にも、できたんだろう。己の願いと同じくらい大事な何かが」

ミコトだけじゃなかった。ナッシェにも、願いとは別の大事なものができた。

願いよりもそちらを優先するために、彼女は共同戦線を張ったのだ。

今や、ナッシェが見つけた大事なものにも心当たりがある。

そう——この学園には、聖女が死ぬことで得をする人間が一人いる。

「……あの子は、これからも色んな人に狙われるよ」

ナッシェが掠《かす》れた声で言う。

ルシアは良くも悪くも目立っている。

粛正者《パージ》にとっては大量の点数《スコア》を稼げる獲物。

特定の生徒たちにとっても、やがて目の上の瘤《こぶ》となる存在。

「護《まも》りきれるか……見物だね……」

ナッシェは頼りなく笑う。

「あぁ……………ごめんね、皆………………」

それが、ナッシェの残した最後の一言だった。

ナッシェが死ぬと同時に、身体《からだ》の中に何かが流れ込んできた。……多分、ナッシェの点数《スコア》だろう。今までとは比較にならないほど膨大な量なのか、初めて点数《スコア》の蓄積を実感できた。

粛正者《パージ》として彼女と戦ったつもりは毛頭なかったが、賢さの試験でナッシェがカンニングしたと聞いて、それなら彼女も違反者に該当するのではないかと思った。どうやらその認識は正しかったらしい。粛正者《パージ》は無条件で合格できるだけで、違反者にならないわけじゃない。

死の間際《まぎわ》、彼女が口にしていた台詞《せりふ》を思い出す。

ごめんね、皆。……きっと彼女も何かのために戦っていたのだろう。パティの言う通り、やはり粛正者《パージ》には各々《おのおの》の正義があるようだ。

それを知ってなお、自分はこの少女を殺した。

後悔は――――ない。

（……早く、逆鱗《げきりん》を取らないと）

今、足場にしている大型のドラゴンから逆鱗《げきりん》を取ってしまうと、このドラゴンが変異してしまう。ただでさえ巨大な個体なのだ。変異したら多くの犠牲者が出るに違いない。

周辺にいるドラゴンを足場にして、ミコトは地面まで下りる。

「ミコトさん！」

ルシアがこちらの存在に気づき、声を出す。

ナッシェと戦っている間に、ルシアたちは複数のチームと協力してドラゴンの無力化を図っていたようだ。

丁度、一匹のドラゴンが倒れて動けなくなったタイミングで、ミコトが来た。

「ミコト、今だ！」

「俺たちが止めているうちに――ッ‼」

ウォーカーとライオットの声を聞きながら、ミコトは倒れているドラゴンに着地し、その首元まで走る。

そして――逆鱗《げきりん》をナイフで抉《えぐ》り取《と》った。

「よっしゃあ‼」

ライオットが歓喜すると同時に、全身が光に包まれた。

ミコトたちのチームが合格条件を満たし、グラウンドの外まで転送される。光に包まれた人間は四人。ミコト、ルシア、ライオット、ウォーカーの四人だけだ。

ナッシェという名の少女は、もういない。

ルシアの敵を殺したことに、後悔なんて感じるわけがなかった。

だが、彼女の中にも正義があったことだけは、心に留《とど》めておこうとミコトは思った。

◆

ナッシェ＝インバウルの願いは、ビスティア王国に頼れる王を用意することだった。

ビスティア王国は、ナッシェの生まれ故郷となる小さな国である。この国は土地が恵まれていないため、近隣諸国からの援助で辛《かろ》うじて存続していた。

ただし代償として、国民は近隣諸国から奴隷のような扱いを受けていた。

子供の頃からそれが正しいのだという教育を施され、成人を迎えると同時に優秀な者から順に各国へ売られる。売られた国民は二度と故郷の土を踏むことはない。そして、国内でどれだけ優れた結果を出そうと、諸国に引き取られた者は一生下働きを強いられる。

まるで奴隷市場のような国だった。

その現状がいつまでも変わらない理由は、ビスティア王国の国王にある。

近隣諸国の教育という名の洗脳は王族に対しても行われる。おかげで国民が奮起して近隣諸国に抵抗を試みても、最後は他ならぬ国王の手で勢いを削《そ》がれることがままあった。

ナッシェは数年に及ぶ熟考の末、その現状をもっとも効率的に打開する作戦を実行する。

それは——王族を皆殺しにすること。

王政のままではこの国は変わらない。そう判断したナッシェは革命軍を率いて、王族を一人また一人と殺し続けた。

ナッシェの武器は、幼い頃に目覚めた森羅万象と対話する能力。元々、会話が得意ではないナッシェにとっては酷《ひど》く手に余る力だったが、国の惨状を前に無い物ねだりをしている余裕はなかった。同胞の犠牲が増える度にナッシェの執念は強固になり、気弱な人見知りだった少女は、いつしか本性を塗り潰す術を手に入れた。

王族殺しは順調だった。

だが——最後の最後で、失敗した。

一人、逃してしまった。まだ年若い王子。何も知らない幼子をこの手にかけるのはあまりにも残酷かと躊躇《ちゆうちよ》し、見逃した。

後日、若い王子は全兵士に革命軍の一掃を命じた。

近隣諸国の洗脳は幼子にも行き届いていたのだ。処刑台に連行されながら、ナッシェは自らの失敗を悟り、やはり王族は一人残らず根絶やしにするべきだったと悔やむ。

そして、目が覚めたら——学園にいた。

与えられたのは粛正者《パージ》という立場。

叶《かな》えたい願いは、ビスティア王国に真の王を誕生させること。

強くて正しくて、民の声に耳を傾けてくれるような偉大な王さえいれば——あの国は変われるに違いないのだとナッシェは思っていた。

ただ、そのために粛正者《パージ》の仕事をこなしていると、大いなる誤算が現れた。

「貴女《あなた》、いい力を持っているわね」

どういうわけかその少女は、ナッシェの能力を知っていた。

だがその少女は、取引ではなく提案を持ちかける。

「私の配下になりなさい」

その少女は、誰よりも強《したた》かだった。

その少女は、誰よりも誇り高かった。

その少女は——ナッシェが思い描く、理想の王そのものだった。

だから、思ってしまったのだ。次の神様は彼女であってほしい。——そんな二つ目の願いが生まれると同時に、ナッシェは粛正者《パージ》ではなく彼女の配下として生きるようになった。

「……ねえ」

少女の配下になると決めた後、ナッシェは尋ねた。

「アタシたちの目的って何なの？　聖女派みたいに皆で生き残ること？」

「あの軟弱な一派と一緒にしないでちょうだい」

凛《りん》とした声音で少女は告げる。

「私たちの目的はもっとシンプルよ」

少女の答えを聞いて、ナッシェは安心した。

ああ――やはり。

彼女こそが、アタシの求める王なのだ。

「で、聖女はなんでまだ生きてんだ？」

円卓の間に、少年の声が響いた。

その疑問に答える者は誰もいない。ただ、今回の集会には決定的な変化があった。

聖女の粛正を宣言していた、八番の粛正者《パージ》が欠席している。

このタイミングで欠席するとはとても思えない人物が――。

「死んだんじゃないかな」

今まで口を閉ざしていた、一番の人影が告げる。

「このタイミングで八番が姿を現さないのは不自然だ。試験で不合格だったのか、或《あ》いは何者かに殺されたか……いずれにせよ八番は死んだ可能性が高い」

一番の声からは、優しさと気品を感じた。

だが同時に、鋭く突き刺すような視線も感じた。

「怪しいのは当然、八番と協力する予定だった十三番だ」

「僕は何も知らない」

その一言を告げた後、ミコトは唇を引き結んだ。

これ以上は何も言わない。恐らく、言う必要がない。

「八番が死んでしまった今、聖女が違反者かどうか定《さだ》かじゃなくなりましたね。これ以上、粛正対象として見るのは無理があるかと」

「同意だな。聖女の粛正は打ち切っていいだろう」

七番の少女の意見に二番の少年が同意を示す。

こういう話の流れになることは予想していた。これで当分の間、ルシアは安全である。

「議題は以上か。では、集会はこれで終了だ」

アイゼンが集会を締《し》め括《くく》る。

初めて粛正者《パージ》が脱落したというのに、他のメンバーは淡々としていた。生前で修羅場を潜っているからか、その程度では心が揺らがないらしい。

ミコトも彼らと同類だった。だが、だからこそつくづく思う。

これは、正しい在り方ではない。

粛正者《パージ》の正義は歪《ゆが》んでいる。

「十三番」

集会が終わった後、アイゼンに呼ばれた。

呼び出される心当たりがないため不思議に思いつつ、アイゼンのもとへ向かう。

「仕事熱心な貴様に一つ、耳よりな情報を与えてやろう。……粛正者《パージ》を粛正した場合、その者が獲得していた点数《スコア》もまとめて手に入る」

なるほど。だからナッシェを殺した時、かつてないほど点数《スコア》を蓄積した感触があったのか。

ナッシェが今までに粛正者《パージ》として稼いだ点も、手に入ったらしい。

そこまで理解した上で……ミコトは一つ、質問することにした。

「質問があります」

「なんだ」

「死者の蘇生《そせい》に必要な点数《スコア》を教えてもらえませんか？」

その問いに、アイゼンは微《かす》かに眉を動かしたが、すぐに口を開いた。

「……基本的には三千点前後。高くても五千点あれば充分だ」

概《おおむ》ね、予想通りの数字だった。

しかしそれならば更に疑問が生じる。

「僕の願いが、死者の蘇生《そせい》であることは知っていますよね？」

「ああ」

ミコトは左手首に触れながら、点数《スコア》を表示するよう念じた。

「僕の目標点数《スコア》――――高くないですか？」

左手首に現在の点数《スコア》と目標点数《スコア》が表示される。

その値を見て、アイゼンは目を見開いた。

2174／986145

ナッシェを粛正したことで、点数は千五百点近く増えていた。

だが、それでも目標点数には遠く及ばない。

強さの試験にて、ナッシェから残り六千点で願いを叶《かな》えられるという話を聞いた時から、ずっと疑問に思っていた。

この目標点数《スコア》は――あまりにも遠すぎる。

「…………ありえん」

アイゼンが、震えた声で言う。

「たかが人間の蘇生《そせい》に、そこまでの点数《スコア》は必要ないはずだ……」

これまで余裕のある態度を崩さなかったアイゼンが、激しく動揺していた。

アイゼンは、もう一度だけ点数《スコア》を見た後、戦々恐々とした様子でミコトを睨《にら》む。

「貴様………何を蘇らせる気だ」

恐怖の滲《にじ》んだ問いかけに、ミコトは静かに答える。

「……分かりません」

生前の頃は感じなかった疑問が、この学園に来て着実に膨らんでいる。

師匠は、まるでミコトがこの学園に来ることを予想していたかのように特別な訓練を施してきた。火の玉を避けるコツとか、身の丈を超える生き物との戦い方とか、どうしてそんなものを教えてくれたのか……今となっては知る由《よし》もない。

思えば自分は、師匠のことを何も知らない。

あの人はどこから来たのか。

師匠は一体、何者なのか。

「──それを知るためにも、僕は戦います」

◆

円卓の間から出ると、校舎の男子トイレに転送された。

クラスメイトたちは今頃ラウンジで祝勝会を楽しんでいるだろう。彼らと合流するべく、ミコトものんびりラウンジへ向かった。

だが、学生寮に入ろうとした時、ミコトの前に金髪碧眼《へきがん》の少女が立ち塞がる。

エレミアーノ＝アリエル。

王女派の中心人物であるその少女は、悠々とミコトに近づいた。

「ちょっといいかしら」

「……時間を取らないのであれば」

「それは貴方《あなた》次第ね」

エレミアーノは一人でここにいた。ルシアと同じく、常に周りに誰かがいるイメージだったが存外そうでもなかったのか。

或《ある》いは、内密な話でもあるのか。

「貴方《あなた》、粛正者《パージ》でしょ？」

心臓を鷲摑《わしづか》みにされたような衝撃が走った。

だが感情を消すことは得意だった。ミコトはいつも通りの、淡々とした様子を保つ。

「何のことだ？」

「……ハズれたかしら？　貴方《あなた》が私の騎士を殺したと思ったのだけれど」

あまりにも自然な態度のミコトに、エレミアーノは自らの判断を疑い始めた。

だが、ミコトはその一言で頭の中にあった予想が確信に変わる。

――お前が、ナッシェの願いに勝った人物か。

この学園には、聖女ルシアを殺すことで得をする人物が一人いる。

それがエレミアーノだ。王女派は聖女派と同じように、積極的に勢力を伸ばしている。どちらもその方針を曲げない限り、やがて衝突することは明白だ。

ナッシェの目的は、王女派のために聖女ルシアを殺すことだった。

だから彼女は粛正者《パージ》たちに共同戦線を提案したのだ。ルシアの点数《スコア》を自分で獲得できれば儲《もう》け物だが、そうでなくてもルシアを殺すことができたら王女派に貢献できる。

ナッシェは王女派のために、点数《スコア》よりもルシアの抹殺を優先した。

ナッシェとエレミアーノは強い信頼関係で結ばれていたのだろう。それこそ、粛正者《パージ》という存在を伝えるくらい。

「まあいいわ。話は変わるけど、貴方《あなた》、うちの派閥に来ない？」

「……王女派に？」

「ええ。猫被《かぶ》ってるみたいだけど、貴方《あなた》、まあまあ優秀でしょ？」

何を根拠に言っているのか分からない。

だが、その情報源がどうであれ、答えは決まっている。

「何を言っているのか分からないな。それに僕は聖女派だ」

「……そう」

エレミアーノは特段残念そうにもせず、あっさり引き下がった。

この返答は予想していたのかもしれない。

「こちらからも一つ訊《き》いていいか」

「どうぞ。ただし、私の軍門に降らないなら大した質問には答えないわよ？」

構わない、とミコトは頷《うなず》く。

「王女派の目的は何だ？」

ずっと気になっていたことだった。

王女派の団結力は凄《すさ》まじい。その源は何なのか。

ミコトの問いに、エレミアーノは沈黙する。

「聖女派と同じく、仲間と共に生き残ることが目的か？」

「そんな軟弱な一派と一緒にしないでちょうだい」

舌鋒《ぜっぽう》鋭くエレミアーノは言った。

「……まあ、別にそこまで隠しているわけじゃないし、教えてあげるわ」

そう言ってエレミアーノは、ミコトを見つめる。

「王女派の目的は——私を神様にすることよ」

その碧眼《へきがん》と目が合った瞬間、深い炎に包まれたような錯覚がした。

血が煮《に》え滾《たぎ》る、熱くて気高くて、猛々《たけだけ》しい炎。その存在感の源が、目の前の小柄な少女なのだと理解するまで時間がかかった。柔らかな慈愛を感じさせる聖女ルシアとは、ある種、対照的と言ってもいい印象を受ける。

「王女派の皆はそのことに納得してくれている。だから私は、何としても神様にならなくちゃいけない。彼ら全員の願いを聞き届けるために」

各々《おのおの》が願いを叶《かな》えられるかもしれないこの学園において、その願いをたった一人の少女のために二の次にするというのは、本来なら有り得ないことだ。

王女派は、そんな有り得ないバランスの上で成り立っている。もはや狂気的に感じた。

それほどまでに、王女エレミアーノのカリスマ性は凄《すさ》まじいのだろう。

今なら王女派の生徒たちの気持ちも分かる。この、話しているだけで高揚感を覚えるような強烈なカリスマ性は、癖になる。

傅《かしず》き、仕えるならばこのような主君がいい。誰にもそう思わせる魔力がある。

「私が次の神様に相応《ふさわ》しいと思ったら、いつでも王女派に来なさい？」

エレミアーノは踵《きびす》を返《かえ》し、校舎の方へ向かった。

しかし、すれ違う瞬間――。

「あっ」

エレミアーノが何もないところで足を引っかけ、転びかけた。

反射的に、その身体《からだ》を受け止める。エレミアーノのカリスマ性に飲まれていたミコトはおかげで正気を取り戻した。

なんだか、前も似たようなことがあったな――と考えた時、ある可能性に至る。

どうやらこの学園の生徒たちは肉体の年齢を操作されているらしい。その影響で、身体《からだ》の動かし方に慣れるまで少し時間を要するとか。

ウォーカーやライオットたちは、今の肉体にも大体慣れてきたと言っていた。

だが、もし生前と現在で年齢の差が大きければ……まだ慣れない者もいるかもしれない。

「……もう一つ訊《き》かせてくれ」

まるで歩幅が合っていないかのような転び方をしたエレミアーノへ、ミコトは問う。

「実年齢はいくつなんだ？」

そんなミコトの質問に、エレミアーノは顔を真っ赤にして苛立《いらだ》ちを露《あら》わにした。

「──七歳よ‼　文句ある⁉」

そう言ってエレミアーノは立ち去る。

少女の背中を、ミコトは黙って見送った。

「……世も末だな」

七歳の少女が、神様を目指さなくちゃいけないこの世界は、本当に正しいのだろうか。

或《あ》るいは──正しくないから、次の神様が求められているのか。

ラウンジに向かうと、クラスメイトたちが祝勝会で盛り上がっていた。

彼らの輪に入ろうとすると、銀髪の少女がやって来る。

「ミコトさん」

「ルシア」

ルシアは人集《ひとだか》りの中心から、わざわざこちらまで来て声をかけてきた。

「さっき、エレミアーノさんと話していましたね」

「……見ていたのか」

「寮の入り口でミコトさんを待っていましたから」

じゃあなんで顔を出してくれなかったのだろうか。

若干、不機嫌そうなルシアにミコトは首を傾《かし》げる。

「……もしかして、勧誘されたのですか？」

どう答えるべきか悩んだ。

その悩みが肯定と受け取られたのだろう、ルシアは頬を膨らませる。

「貴方《あなた》は私を護《まも》ってくれると約束しました。それを反故《ほご》にするのですか？」

「早とちりだ。そんなつもりはない」

だからそんなふうに見つめられても困る。

裏切るつもりなんて微塵《みじん》もない。そんな、こちらの気も知らずに……。

「……大丈夫だ。何もかも」

「？」

裏切るつもりはないし、刺客も殺しておいた。だから安心してほしい。そう言いたかったが全ての事情を話すわけにはいかず、結果的に必要最小限の言葉だけを伝えた。

首を傾《かし》げるルシアを見て、改めて思う。

できるだけ、この少女には明るい世界だけを知ってほしい。

それがエゴであることは承知の上だし、ルシアにとって不要な気遣いであることも重々理解している。だが、それでも──粛正者《パージ》という存在は彼女に教えたくなかった。

もし、ミコトが粛正者《パージ》であることを知ると、きっと聡《さと》い彼女は察してしまうだろう。

ミコトがこの学園の裏で何をやっているのかを。

彼女は全力で止めようとするはずだ。私が痛い思いをしたくないから……なんて言い訳をして。でも止められるとルシアを護《まも》ることができない。

だから、隠す。

この身がルシアの刃であることを、ルシアにだけは隠すと誓う。

「ルシア。約束してほしいことがある」

周りに聞こえないよう小さな声で、ミコトは言った。

「禁止事項を犯さない。これを聖女派の全員に厳守させてくれ。勿論《もちろん》、ルシア自身もだ」

でないと──────他の粛正者《パージ》に狙われる。

ナッシェとの戦いは決して余裕ではなかった。今回は上手《うま》く処理できたが、粛正者《パージ》に狙われることはできるだけ避けたい。

ミコトの真剣な気持ちが通じたのか、ルシアは深々と頷《うなず》く。

「分かりました。いざという時はミコトさんに相談します」

そのいざという時をなくしてほしいんだが……今はこの頑固者に、首を縦に振らせたことだけでも満足しておくべきか。

「おーい！　ミコト、こっち来いよ！」

ラウンジの中心で、こちらに気づいたライオットが大きな声で呼びかけた。その隣にはウォーカーもいて、楽しそうに談笑しながらこちらを見ている。

「盛り上がってるね」

「はい。……ナッシェさんも、ここにいればよかったんですが」

ルシアの唇から自然とこぼれ落ちたその一言が、ミコトの胸中を刺した。上空でドラゴンが暴れていたのは地上からもぼんやり見えていたらしく、すぐに信じてくれた。

ナッシェはドラゴンに喰《く》われた。そう説明したのはミコトだ。

……問題ない。

罪の意識を感じながら人を殺すことには慣れている。

「君は、ここからいなくならないでくれ」

本当は神様になってくれと言いたいところだったが、強烈な正義感を除けば身も心も平凡な彼女に、これ以上の重圧を与えるのは忍びないと思ってやめた。

いつか、堂々と言える時がきたら……その時ははっきり伝えよう。

綺麗《きれい》に話も締《し》め括《くく》ったので、ライオットたちと合流するために歩き出す。

だが、そんなミコトを……何故《なぜ》かルシアはじっと睨《にら》んだ。

「お前と呼んではくれないのですか？」

「……なんでわざわざ、荒っぽい呼び方をされたがるんだ」

「だって、それがミコトさんの素ではないですか」

他人の素にこだわるのは、彼女自身が素を出せない生き方をしているからかもしれない。

そう思うと無下にはできないし……ラウンジの盛り上がりを見ていると、ちょっとくらい彼女の頑張りに応えたいという気持ちが湧いてきた。

「……変わってるな、お前は」

溜息《ためいき》交じりに言うと、ルシアは嬉《うれ》しそうにはにかんだ。

◆

祝勝会が終わり、解散となった後。

「お帰りなさいませ、ミコト様！」

「ただいま」

自室に戻ってきたミコトは、静かに深い息を吐いた。

元々ナッシェとの戦闘で疲れていたが、祝勝会でそれを表に出さないよう愛想《あいそ》よく振る舞った結果、余計に疲れてしまった。

椅子に腰掛けて落ち着いていると、家の中が以前より綺麗《きれい》なことに気づく。

「掃除してくれたのか、ありがとう」

「えへへ、どういたしまして。あ、でも約束通り、寝室には入っていませんので！」

「ああ、そっちは僕が掃除するよ」

事前に決めた約束の一つだった。キッチンや食卓がある部屋はパティが好きに使っていいし掃除も任せる。その奥にある部屋はミコトの寝室兼作業場として使い、危険な武器や薬品があるため無断で入室しないよう伝えてある。掃除もミコトが自分で行うと決めた。

寝室兼作業場に入ったミコトは、机の上を見て溜息《ためいき》を吐いた。

「………またか」

初めてこの部屋に入った時も、机の上にそれはあった。

あの時はパティが来る前だったので、先に拾って処分しておいたが……これもいつかパティに相談するべきかもしれない。

——神様に気に入られている生徒には、羽が贈られる。

——羽を受け取った生徒こそが、現時点で最も神様に近い。

そんな噂《うわさ》がこの学園には流れているが、だとすると——これは何なのか。

机の上に、神様の羽が置いてある。

ルシアが教室で見せた羽とそっくりのものが机の上に置かれていた。

粛正者《パージ》は神様にはなれない。そういうルールのはずだが、何故《なぜ》かミコトの部屋には偶《たま》に神様の羽が届く。

羽を受け取った生徒は神様に近いという噂《うわさ》が嘘《うそ》なのか。

或《ある》いは、粛正者《パージ》でも神様になる方法が存在するのか。

いずれにせよ……。

「生憎《あいにく》、興味ないよ」

ライターで羽を燃やす。

神様になるのは、自分の役割ではない。

自分はただ、静かに、影の中で——あの少女を護《まも》れたらそれでいい。

あとがき

坂石遊作《さかいしゆうさく》です。

この度は本書を手に取っていただきありがとうございます。

電撃文庫では三年ぶりの新作だったようで、びっくりしています。気づけばもう二〇二五年です。この三年間、作家としては活動していたためサボっていたわけじゃないんですが、時間が空いたこともあって、本作は僕にとっての原点回帰みたいな位置づけになっています。

実は昨日、作家七年目に突入しました。この六年間、自分なりに色んなジャンルを書いてきましたが、だからこそ、いつになってもずっと書き続けたいと思えるジャンルを見つけることができました。そのうちの一つが本作のような暗躍ものです。

訳あって正体を隠している実力者がいざという時は活躍するというストーリーは、水戸黄門《みとこうもん》の時代からずっと存在する定番の物語ですが、やはり僕自身もこの手の作品に魅了されてライトノベルを書き始めたため、このジャンルを手放すことはできそうにありません。

堂々と活躍しない主人公なんて、絶対にただならぬ過去がありますからね。悲劇を背負った主人公だからこそ、次の悲劇が起きないために奮闘できるんじゃないかなと思います。僕にとっての「かっこいい主人公」とは、そういうものなのだと最近気づきました。

師を殺《あや》めてしまったミコトにとって、ルシアは師の生まれ変わりみたいなもので、今度こそ守らなくてはならない相手です。しかしその関係はいつまで保つのでしょうか。ルシアがミコトの気持ちを知った時、果たして彼女はミコトにとっての師の代わりで在り続けてくれるでしょうか。いや〰〰〰〰〰〰〰〰〰〰〰〰曇ってほしいですね。


【謝辞】

本作の執筆を進めるにあたり、ご関係者の皆様には大変お世話になりました。担当様、数々のアドバイスをありがとうございます。細かい演出まで目を配っていただき助かりました。智《とも》瀬《せ》といろ先生、たくさん立ち絵を描いていただきありがとうございます。どのキャラも個性的で、特にメインヒロインになるであろうルシアとエレミアーノの可愛《かわい》さは格別です。

最後に、この本を取っていただいた読者の皆様へ、最大級の感謝を。

◉坂石遊作著作リスト

「魔女学園最強のボクが、実は男だと思うまい」（電撃文庫）
「神様を決める教室」（同）
「人脈チートで始める人任せ英雄譚1〜3」（電撃の新文芸）

本書に対するご意見、ご感想をお寄せください。

ファンレターあて先
〒 102-8177　東京都千代田区富士見 2-13-3
電撃文庫編集部
「坂石遊作先生」係
「智瀬といろ先生」係

本書は、「電撃ノベコミ+」に掲載された『神様を決める教室』を加筆・修正したものです。

電撃文庫

神様《かみさま》を決《き》める教室《きょうしつ》

坂石遊作《さかいしゆうさく》

2025年 4 月10日　初版発行

発行者　山下直久
発行　株式会社KADOKAWA
〒 102-8177　東京都千代田区富士見 2-13-3
0570-002-301（ナビダイヤル）
装丁者　荻窪裕司（META＋MANIERA）
印刷　株式会社暁印刷
製本　株式会社暁印刷

●お問い合わせ
https://www.kadokawa.co.jp/（「お問い合わせ」へお進みください）
※内容によっては、お答えできない場合があります。
※サポートは日本国内のみとさせていただきます。
※ Japanese text only

※定価はカバーに表示してあります。

ISBN978-4-04-915788-8　C0193　Printed in Japan

電撃文庫　https://dengekibunko.jp/

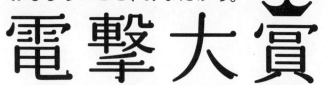